FICTION CONNECTION

COLECȚIE COORDONATĂ DE
Magdalena Mărculescu

Agnès Martin-Lugand

Viața e ușoară, nu-ți face griji

Traducere din franceză de Carmen Otilia Spînu

TREI

Editori:
Silviu Dragomir
Vasile Dem. Zamfirescu

Director editorial:
Magdalena Mărculescu

Redactor:
Mihaela Serea

Coperta colecției: Faber Studio
Foto copertă: Guliver/Getty Images/ © Dave and Les Jacobs

Director producție:
Cristian Claudiu Coban

Dtp:
Ionuț Tolontan

Corectură:
Elena Bițu
Maria Mușuroiu

Descrierea CIP a Bibliotecii Naționale a României
MARTIN-LUGAND, AGNÉS
Viața e ușoară, nu-ți face griji / Agnès Martin-Lugand ; trad.:
Carmen Otilia Spînu. - București : Editura Trei, 2016
ISBN 978-606-719-657-3

I. Spînu, Carmen Otilia (trad.)

821.133.1-31=135.1

Titlul original: La vie est facile, ne t'inquiète pas
Autor: Agnès Martin-Lugand

O.P. 16, Ghișeul 1, C.P. 0490, București
Tel.: +4 021 300 60 90 ; Fax: +4 0372 25 20 20
e-mail: comenzi@edituratrei.ro
www.edituratrei.ro

ISBN: 978-606-719-657-3

Pentru cei trei bărbați ai mei...

Sfârșitul unui doliu normal nu înseamnă sub nicio formă uitarea celui dispărut, ci aptitudinea de a-l situa la locul cuvenit într-o poveste încheiată, aptitudinea de a retrăi din plin activitățile de zi cu zi, proiectele și dorințele care dau valoare existenței.

(MONIQUE BYDLOWSKI, *Visez un copil*)

Don't worry. Life is easy.

(AARON, *Little Love*)

Unu

Cum putusem să cedez din nou la insistențele lui Félix? Prin nu știu ce miracol, reușea să mă păcălească întotdeauna: găsea un argument, o încurajare ca să mă convingă să mă duc. De fiecare dată mă lăsam înșelată, spunându-mi că, poate, va exista un nu-știu-ce care mă va face să cedez. Cu toate acestea, îl cunoșteam pe Félix ca și cum l-aș fi făcut eu, și gusturile noastre erau diametral opuse. Astfel că, atunci când gândea și hotăra în locul meu, inevitabil dădea greș. Totuși ar fi trebuit să știu, după atâta timp de când eram prieteni. Și iată cum, pentru a șasea oară consecutiv, am petrecut o sâmbătă seara în compania unui dobitoc absolut.

Săptămâna de dinainte avusesem parte de campionul bio și al vieții sănătoase. Ai fi zis că Félix are un gol de memorie în privința viciilor celei mai bune prietene. Îmi petrecusem seara primind lecții în legătură cu consumul meu de tutun, de alcool și de hrană nesănătoasă. Acest imbecil în șlapi îmi declarase într-un mod foarte natural că stilul meu de viață era dezastruos, că voi ajunge sterilă și că, în mod inconștient poate, intenționam să flirtez cu moartea. Félix nu-i furnizase probabil fișa mea tehnică. Afișând cel mai frumos zâmbet al meu, îi răspunsesem că, într-adevăr, știam câte ceva despre moarte și dorințe suicidare și plecasem.

Cretinul zilei era alt stil: mai degrabă un tip frumos, cu o poftă de mâncare respectabilă și nici vorbă de lecții. Defectul lui, și nu unul dintre cele mai mici, era că părea convins că mă atrage în patul lui povestindu-și isprăvile în compania iubitei, căreia îi zicea GoPro: „Cu GoPro a mea am coborât vara asta un torent înghețat... Cu GoPro a mea astă-iarnă am schiat de minune... Am făcut duș cu GoPro a mea... Știi, zilele trecute, am încercat metroul cu GoPro a mea" etc. Era mai mult de o oră de când dura asta, nu era în stare să rostească o frază fără să vorbească despre ea. Ajunsesem să mă întreb dacă nu se duceau și la toaletă împreună.

— Unde să mă duc cu GoPro a mea? Cred că n-am înțeles bine, s-a întrerupt el brusc.

Vai... gândisem cu voce tare. Mă săturasem să fiu socotită o femeie rea, incapabilă să dovedească interes pentru ceea ce i se spunea și întrebându-se ce făcea acolo. Cu toate acestea, am hotărât să smulg răul din rădăcină.

— Ascultă, ești într-adevăr un tip foarte simpatic dar trăiești o prea mare poveste de dragoste cu camera ta video ca să mai am chef să mă amestec între voi. Am să mă lipsesc de desert. Iar în privința cafelei, am ce-mi trebuie la mine acasă.

— Care-i problema?

M-am ridicat, el m-a imitat. În chip de la revedere, m-am mulțumit să-i fac un semn cu mâna apoi m-am îndreptat spre casă; nu devenisem într-atât de sălbatică încât să-l las să achite nota de plată a acestui fiasco. I-am aruncat o ultimă privire și mi-am reținut un râs nebun. Eu ar fi trebuit să am o GoPro ca să păstrez o amintire a figurii lui. Bietul băiat...

A doua zi m-a trezit telefonul. Cine îndrăznea să-mi întrerupă sacrosancta lenevealǎ de duminică dimineață? Inutil de pus această întrebare!

— Da, Félix, am mormăit în aparat.

— *And the winner is*?

— Tacă-ți fleanca!

Chicotitul lui m-a enervat.

— Te aștept unde știi peste o oră, a spus cu dificultate înainte să închidă.

M-am întins în pat ca o pisică, înainte să mă uit la ceas: 12:45. Ar fi putut să fie mai rău. Nu aveam nicio problemă să mă scol în timpul săptămânii ca să deschid *Oamenii fericiți citesc și beau cafea*, cafeneaua mea literară, dar duminica țineam la somnul mai lung ca să mă recuperez, să-mi golesc mintea. Somnul rămânea refugiul meu; după cel al marilor mele dureri, urmase cel al micilor probleme. Odată în picioare, am constatat cu bucurie că ziua va fi frumoasă; primăvara pariziană era prezentă la întâlnire.

Când mă pregăteam să plec, m-am abținut să iau cheile de la cafenea: era duminică și îmi promisesem că nu voi mai petrece acolo „ziua Domnului". Nu m-am grăbit să ajung pe strada des Archives. Am mers încet, am căscat ochii la vitrine aprinzând prima țigară a zilei, m-am întâlnit cu clienți obișnuiți de-ai cafenelei pe care i-am salutat cu mâna. Acest farmec liniștit a fost întrerupt de Félix când am ajuns la terasa noastră duminicală.

— Pe unde-ai umblat? Era gata să fiu alungat de la masă!

— Bună, adoratul meu Félix, i-am răspuns sărutându-l apăsat pe obraz.

El a făcut ochii mici.

— Ești prea drăguță, asta ascunde ceva.

— Ba deloc! Spune-mi cum ți-ai petrecut seara. La ce oră ai terminat?

— Când ți-am dat telefon. Mi-e foame, să comandăm.

L-am lăsat să-i facă semn ospătarului ca să ceară mâncarea. Era noua lui fixație. Ca să se liniștească, decretase că după serile nebune de sâmbătă, o masă care să includă și micul dejun și prânzul la un loc l-ar revigora mai mult decât o bucată veche de pizza reîncălzită. După aceea, voia să stau în poziția de drepți ca să-l admir cum își devorează ouăle jumări, bagheta, cârnații și cum își bea litrul de suc de portocale menit să-i potolească setea de după.

Ca de obicei, eu doar ciugulisem ce îi rămăsese lui; îmi tăia pofta de mâncare. Cu ochelarii de soare pe nas, fumam prăbușiți pe scaune.

— Te duci la ei mâine?

— Ca de obicei, i-am răspuns zâmbind.

— Îmbrățișează-i din partea mea.

— Promit. Tu nu te mai duci deloc?

— Nu, nu mai simt nevoia.

— Și când te gândești că înainte nu voiam să pun piciorul acolo!

Devenise ritualul meu de lunea. Cafeneaua era închisă, mă duceam să îi vizitez pe Colin și pe Clara. Că ploua, că bătea vântul sau ningea, aveam întâlnire cu ei. Îmi plăcea să le povestesc ce făcusem toată săptămâna, să le spun micile povești din cafenea... După ce începusem iar să ies, îi detaliam lui Colin întâlnirile mele ratate, mi se părea că îl aud râzând și râdeam împreună cu el, ca și cum am fi complotat. Clarei îmi era mult mai greu să-i vorbesc confidențial. Fiica mea, amintirea ei mă făceau întotdeauna să cad într-o prăpastie de durere. Mașinal, mi-am dus mâna la gât; într-una dintre aceste întâlniri între patru ochi cu Colin îmi scosesem de pe lănțișor verigheta pe care o purtasem ca pandantiv. În mod defintiv.

De câteva luni gâtul meu era gol. Îi explicasem lui Colin că am reflectat și că mă gândeam să accept întâlnirile sugerate de Félix.

— Iubirea mea... tu ești acolo... vei fi întotdeauna acolo... dar ai plecat... ești departe și nu te vei mai întoarce niciodată, am înțeles... vreau să încerc, știi... Oftasem și încercasem să-mi înghit lacrimile jucându-mă cu verigheta pe vârful degetelor. Începe să atârne greu... Știu că n-ai să te superi pe mine... cred că sunt pregătită... am s-o scot... simt că sunt vindecată de tine... te voi iubi mereu, asta nu se va schimba, dar acum e altfel... știu să trăiesc fără tine... Îmbrățișasem mormântul și desfăcusem lănțișorul. Ochii îmi erau inundați în lacrimi. Strânsesem verigheta în pumn cu toată puterea. Apoi mi-o dădusem jos. Pe săptămâna viitoare, dragii mei. Clara mea... mama... mama te iubește.

Plecasem fără să întorc privirea.

Félix m-a întrerupt din gânduri bătându-mă pe șold.

— Să mergem, vremea e frumoasă.

— Te urmez!

Am luat-o de-a lungul cheiului. Ca în fiecare duminică, Félix voia să traversăm Sena și să facem un ocol pe la Notre-Dame ca să aprindă o lumânare. „Trebuie să-mi răscumpăr păcatele", se justifica. Nu mă lăsam păcălită: ofranda lui votivă era pentru Colin și pentru Clara, era felul lui de a menține o legătură cu ei. Cât timp se reculegea, eu așteptam răbdătoare în afara catedralei, privind la turiștii asaltați de porumbei. Am avut timp să fumez o țigară înainte să asist la un remake al morții Améliei Poulain[1], interpretat de un Félix demn de Oscar — mai ales țipătul! Apoi, minunatul actor care era a venit să mă ia de după umeri, a salutat un public imaginar în delir și m-a dus în liniște pe drumul de întoarcere către Marais-ul nostru drag și restaurantul cu specific japonez în care mâncam duminica seara.

Félix bea saké. „Răul trebuie combătut cu rău", îmi spunea. Cât despre mine, mă mulțumeam cu un Tsingtao[2]. Între două sorbituri, a trecut la atac și și-a cerut raportul. O să fie scurt!

— Ce-i reproșezi celui de ieri?

— Camera video de pe frunte!

— Uau! Este al naibii de excitant.

I-am dat o palmă bună peste ceafă.

— Când vei înțelege că nu avem aceeași sexualitate?

— Ești de plâns, s-a lamentat el.

— Ne întoarcem? Filmul de pe TF1 n-o să ne-aștepte.

Félix m-a însoțit până la ușa cafenelei, ca întotdeauna. Și m-a strivit la pieptul lui, ca întotdeauna.

— Vreau să-ți cer ceva, i-am spus când încă eram în brațele lui.

---

[1] Eroina unui film francez ce prezintă o viziune idealizată a vieții contemporane pariziene, mai exact a celei din cartierul Montmartre. (*N.t.*)

[2] Marcă de bere chinezească. (*N.t.*)

— Ce?

— Te rog, nu te mai juca de-a pețitoarea, nu mai suport serile astea ratate. Este descurajator!

El m-a împins.

— Nu, n-am să mă opresc. Vreau să întâlnești un tip bine, simpatic, cu care să fii fericită.

— Nu-mi prezinți decât dobitoci, Félix! Am să mă descurc singură.

M-a sfredelit cu privirea.

— Încă te mai gândești la irlandez?

— Nu mai spune prostii! E un an de când m-am întors din Irlanda. Ți-am mai vorbit de Edward? Nu! N-are nimic de-a face cu asta. E o poveste încheiată. Nu e vina mea că tu îmi faci cunoștință doar cu maimuțoi!

— O.K, O.K! Te las în pace o vreme, dar fii un pic mai deschisă la întâlniri. Știi ca și mine, Colin ar vrea să ai pe cineva în viața ta.

— Știu. Și asta este și intenția mea... Noapte bună, Félix. Pe mâine! Este ziua cea mare!

— *Yes!*

I-am dat același sărut apăsat ca în urmă cu câteva ore și am intrat în clădire. În ciuda insistențelor lui Félix, nu voiam să mă mut. Îmi plăcea să locuiesc deasupra cafenelei, în micul meu apartament. Eram în inima activității, asta-mi convenea. Și mai ales, acolo mă reconstruisem absolut singură, fără ajutorul nimănui. Am urcat pe scări, nu cu liftul, până la etajul al cincilea. Când am ajuns, m-am rezemat cu spatele de ușa de la intrare și am oftat mulțumită. În pofida ultimei noastre discuții, petrecusem o zi superbă împreună cu Félix.

Contrar a ceea ce credea, nu mă uitam niciodată la filmul de pe TF1. Puneam muzică – în seara asta era

Ásgeir, *King and Cross* – și începeam ceea ce numisem seara mea spa. Hotărâsem să am grijă de mine și ce moment era mai bun decât duminică seara pentru a-mi acorda timp să-mi fac o mască, un gomaj și toate acele trucuri feminine?

O oră și jumătate mai târziu ieșeam în sfârșit din baie, miroseam frumos și aveam pielea catifelată. Am băut ultima cafea din zi și m-am prăbușit pe canapea. Am aprins o țigară și mi-am lăsat gândul să rătăcească. Félix n-a știut niciodată ce m-a făcut să-l împing pe Edward în adâncul memoriei mele și să nu mă mai gândesc la el.

După întoarcerea din Irlanda, nu păstrasem legătura cu nimeni: nici cu Abby și Jack, nici cu Judith și cu atât mai puțin cu Edward. Evident, el mi-a lipsit cel mai mult. Amintirea lui revenea în valuri, uneori de fericire, alteori de durere. Dar cu cât trecea timpul, cu atât eram mai sigură că nu voi mai avea niciodată vești despre ei și mai ales despre el. N-ar fi avut niciun rost după atâta timp; acum, după mai bine de un an... Totuși...

Cam cu șase luni în urmă, într-o duminică de iarnă când ploua cu găleata, rămăsesem închisă în casă și mă apucasem să fac ordine în dulap; am dat peste cutia în care pusesem fotografiile pe care le făcuse cu noi doi pe insula Aran. Am deschis-o și m-am topit redescoperindu-i chipul. Cuprinsă de un atac de nebunie, m-am aruncat asupra telefonului, i-am găsit numărul în agendă și l-am sunat. Voiam, nu, trebuia să știu ce era cu el. La fiecare apel, am fost gata să închid, împărțită între teama de a-l auzi și o profundă dorință de a relua legătura. A intrat robotul: doar prenumele rostit de vocea lui aspră și un bip. Am bâiguit: „Hm... Edward... Eu sunt... Diane. Voiam... voiam să știu...hm... ce mai faci... Sună-mă... te rog". După ce am închis, mi-am spus că am făcut o prostie. Am început să mă-nvârtesc prin cameră rozându-mi unghiile. Obsesia de a avea vești despre el, de a afla dacă m-a uitat sau nu m-a ținut lipită de tefefon tot sfârșitul de săptămână. În așa măsură încât am mai făcut o tentativă după ora 22. N-a răspuns. Când m-am trezit a doua zi dimineață, m-am făcut în toate felurile dându-mi seama de ridicolul încercării mele. Accesul de nebunie m-a ajutat să înțeleg că nu mai exista Edward, că nu va mai rămâne decât o paranteză în viața mea. Mă îndreptase pe drumul eliberării de datoria loialității față de Colin. Astăzi mă simțeam eliberată și de el. Eram gata să mă deschid și către alții.

Doi

Deschizând ochii în acea luni dimineață, am savurat importanța zilei. Seara, când mă voi culca, voi fi singura proprietară a cafenelei *Oamenii fericiți citesc și beau cafea.*

După întoarcerea din Irlanda, îmi trebuiseră mai multe săptămâni până să mă hotărăsc să le dau un semn de viață părinților mei. N-aveam niciun chef să mă agăț de ei, nici să le suport remarcile în legătură cu existența mea. Când în sfârșit i-am sunat, mi-au propus să vin la ei la masă și am acceptat. Ajunsă la apartamentul familiar, m-am simțit stânjenită, ca de fiecare dată când intram acolo. Nu reușeam să comunicăm normal. Tata a rămas tăcut, iar mama și cu mine ne-am învârtit în jurul cozii fără să găsim un subiect de conversație. Trecând la masă, tata s-a hotărât în sfârșit să mi se adreseze:

— Cum merg afacerile? m-a persiflat.

Tonul lui și privirea aruncată m-au pus în defensivă.

— Își revin, încetul cu încetul. Sper ca în două luni încasările să fie pe plus. Am niște idei de dezvoltare.

— Nu vorbi prostii, tu habar n-ai de nimic. Îți spunem asta de la moartea lui Colin, el ținea afacerea în picioare, pe lângă munca în cabinetul de avocatură.

— Învăț, tată! Vreau să reușesc și voi reuși!

— Nu ești în stare, de aceea am de gând să mă ocup eu.

— Pot să știu cum?

— Pentru că mă îndoiesc că vei mai găsi un bărbat capabil să facă totul pentru tine, am să angajez un administrator de încredere, serios. Dacă vrei să continui să te joci de-a chelnerița, n-am să te-mpiedic. Asta îți va ocupa timpul.

— Tată, nu sunt sigură că înțeleg...

— Văd după figura ta că înțelegi foarte bine, s-a terminat cu copilăriile!

— N-ai dreptul! M-am ridicat brusc de la masă și am răsturnat scaunul. Sunt acasă la mine în cafenea!

— Ba nu, ești în casa noastră!

Fierbeam în sinea mea, dar de fapt știam că tata avea dreptate. Ei erau adevărații proprietari ai cafenelei: ca să-mi ofere o activitate, umblaseră la carnetul de cecuri, liniștiți și încurajați de Colin.

— Fă o scenă, dacă asta te amuză, a mai spus. Îți dau trei luni.

Am plecat trântind ușa. În clipa aceea am înțeles că mă schimbasem, că devenisem mai dură. Înainte aș fi fost abătută, aș fi suferit o nouă depresie. De data asta, eram hotărâtă, aveam un plan. Ceea ce nu știau ei atunci era că începusem deja să lucrez la el.

Am pus din nou afacerea pe picioare începând cu instalarea unui sistem Wi-Fi în cafenea. Grație acestui lucru am atras o clientelă alcătuită din studenți — unii dintre ei petreceau după-amiezi întregi lucrând în sala din spate. Pentru cafea și bere, am stabilit un tarif redus, ceea ce-mi asigura fidelitatea lor. Cei mai mulți dintre ei și-au luat obiceiul să-și cumpere cărțile de la mine, știind că eram gata să mă dau peste cap ca să le fac rost de biografia care le va salva eseul. Regularitatea cu care deschideam cafeneaua și-a făcut efectul, începeam programul în fiecare zi la oră fixă, spre deosebire de epoca în care Félix era singur la conducere. Asta mi-a permis să creez o atmosferă liniștitoare. Nimeni nu mai găsea ușa închisă.

Cele trei vârfuri de activitate ale zilei erau simple: dimineața, cafeluța de dinaintea plecării la muncă; amiaza, în timpul pauzei de masă – literații care uitau să mănânce ca să dea peste un nou roman – și aperitivul de seară la plecarea de la birou; în cazul acesta, era un păhărel la bar și, din timp în timp, cumpărarea unei cărți de buzunar cu care să-mi ocup o seară în singurătate. Punctual, îi dădeam mână liberă lui Félix, care organiza o seară tematică; nu avea pereche în materie de animație. Găsea întotdeauna câte un tip trăsnit, al naibii de cultivat, care dezbătea asupra temei abordate – întotdeauna volatilă – și făcea să curgă alcoolul în valuri. Astfel că participanții plecau mereu cu mai multe cărți sub braț, fără să aibă cu adevărat cunoștință de cele ce se discutaseră. Iar bacșișul lui Félix se traducea în promisiuni de nopți toride. Eu nu asistam la aceste seri, era partea lui; momentul în care îl lăsam să se distreze sau în care închideam ochii în privința clientelei sale underground.

Am vrut ca *Oamenii...* să devină un loc plăcut, cald, deschis tuturor, în care toate genurile de literatură să-și găsească locul. Voiam să-i sfătuiesc pe cititori permițându-le să-și facă plăcerea, să citească poveștile pe care le doreau, fără să le fie rușine de asta. Nu conta că voiau să citească o carte premiată sau una cu succes la public, un singur lucru era important: ca ei să citească, fără să aibă impresia că sunt judecați pentru alegerile lor. Lectura fusese întotdeauna o plăcere pentru mine, doream ca persoanele care îmi frecventau cafeneaua să simtă asta, s-o descopere, iar cei mai refractari să încerce aventura. Pe rafturile mele se amestecau toate genurile literare; polițist, general, romanul sentimental, poezia, *young adult*, mărturiile, bestselleruri și titluri mai confidențiale. Era marele meu bazar în care Félix, clienții obișnuiți și cu mine ne regăseam. Îmi plăcea joaca de-a vânătoarea pentru a găsi Cartea. Clienții noi erau inițiați pe parcurs de către unii sau alții.

Astăzi cafeneaua era echilibrul meu. Îmi permisese să scot capul din nisip, să-mi reîncep viața la Paris, să realizez până la ce punct munca îmi făcea bine, să-mi dovedesc mie însămi – și să le demonstrez părinților mei – că eram în stare să fac ceva. Mulțumită cafenelei, redevenisem o ființă socială, o femeie care muncea și își lua viața în propriile mâini. Fusese nevoie să pierd ce îmi era mai drag ca să îmi dau seama de atașamentul față de acest loc, de acești patru pereți. De un an nu îmi mai luasem nicio zi de concediu, nu puteam să îl părăsesc și nu îl voi mai lăsa niciodată pe Félix să se ocupe singur de el.

Singurul eșec în dezvoltarea afacerii noastre nu se datora lipsei de clientelă: era exclusiv din vina mea. Am avut ideea să propun ateliere de lectură pentru copii, miercurea după-amiaza. Félix m-a încurajat, știa că adoram literatura pentru copii. Am făcut publicitate, am distribuit broșuri în școlile din cartier, în centrele de joacă etc. Mi-am înnoit stocul de siropuri și mai ales de cărți pentru copii. Ziua cea mare a sosit. Când am văzut venind în vârful picioarelor primele mămici însoțite de progeniturile lor, clopoțelul de la ușă m-a făcut să tresalt pentru prima oară după săptămâni întregi; m-am refugiat în spatele barului. M-am mulțumit să le poftesc în mica sală din fund. I-am cerut lui Félix să supravegheze instalarea lor în timp ce eu am ieșit să fumez. Pentru că nu mă mai întorceam, a venit să-mi spună că nu mă așteptau decât pe mine; rolul de animatoare a atelierului îmi era rezervat. Șovăind, m-am alăturat micului grup. Când am început să citesc *Câinele albastru*, nu mi-am recunoscut vocea.

Am înțeles că făcusem o mare greșeală când un băiețel de vreo trei ani s-a apropiat de mine. Ochii mei s-au aplecat asupra lui, am avut un moment de reținere și m-a apucat tremuratul. În clipa aceea, aș fi vrut să fie Clara cea care vine spre mine, care se cațără pe genunchii mei ca să vadă cartea mai de aproape. Mi-aș fi băgat nasul în părul ei. Cartea mi-a căzut din mâini și l-am chemat pe Félix în ajutor. Nu i-a luat mult timp să vină; era acolo, mă supraveghea. A preluat ștafeta făcând pe clovnul, iar eu am urcat și m-am baricadat la mine. Mi-am petrecut sfârșitul zilei și noaptea care a urmat înfășurată în plapumă, urlând în pernă, plângând și strigând-o pe Clara.

A doua zi cărțile au fost reexpediate la edituri. Această criză m-a făcut să fiu conștientă de un lucru: nu-mi voi reveni niciodată de pe urma pierderii fiicei mele. Puteam să mă vindec de Colin, dar de ea, nu. Tocmai îmi dădusem seama că, de aproape sau de departe, niciun copil nu va mai intra în viața mea, nici în cafenea.

În ciuda acestui incident, se impusese o hotărâre. Urma să mă duc la bancă să încasez asigurarea de viață a lui Colin. Prevăzuse totul pentru ca eu să nu duc lipsă de nimic. Refuzasem să mă folosesc până atunci de acești bani, trebuia să servească la ceva important, care l-ar fi făcut fericit. Aveam nevoie de un proiect de anvergura soțului meu și îl găsisem: voi răscumpăra cafeneaua de la părinții mei.

Venise ziua cea mare: încheierea acestor luni de luptă cu părinții mei. Evenimentul zilei nu m-a împiedicat să-i vizitez pe Colin și pe Clara. Am mers cu capul sus și zâmbitoare pe aleile cimitirului. După ce am depus brațul de trandafiri albi, m-am contorsionat ca să îngenunchez fără să fiu ridicolă; mă îmbrăcasem cu o rochie neagră – un pic prea strictă – și îmi pusesem pantofi cu toc, ceea ce nu mi se mai întâmplase de o veșnicie. Părinții mei probabil mă descriseseră în fața notarului ca pe o iresponsabilă depresivă; voiam să le dovedesc contrariul.

— Iubirea mea, astăzi e ziua cea mare! Diseară, vom fi la noi acasă. Sper că ești mândru de mine, pentru voi doi fac asta. Și pentru că nu las lucrurile la jumătate, după semnare e fiesta cu Félix! Când i-am spus, am crezut c-o să plângă de bucurie. Viața își reia cursul... e ciudat... Nu pot să întârzii, sunt așteptată pentru autografe! Vă iubesc, dragii mei. Clara... mama... este aici...

Am îmbrățișat mormântul și am plecat din cimitir.

La notar citirea actului s-a făcut cu calm și în tăcere. Sosise marele moment: semnătura. A trebuit să încerc de două ori, așa de tare tremuram. Emoțiile mă copleșeau, reușisem, nu mă gândeam decât la Colin și la ceea ce devenisem. Recâștigându-mi locul, câteva lacrimi mi-au umezit ochii. Privirea mea s-a întâlnit cu privirea goală a mamei. Apoi notarul mi-a dat o hârtie care dovedea calitatea meu de proprietară. Titlu de proprietate în care stătea scris negru pe alb că eram văduvă, fără copii. Ne-a poftit politicos să ieșim. Ajunși pe trotuar, m-am întors înspre părinții mei, căutând ceva, fără să știu de fapt ce.

— Nu credeam c-ai să mergi până la capăt, mi-a zis tata. Măcar o dată, nu strica totul.

— Nu stă în intențiile mele.

M-am întors spre mama. Ea s-a apropiat de mine și m-a îmbrățișat cu mai multă căldură decât de obicei.

— N-am știut niciodată să fiu mama de care aveai nevoie, mi-a șoptit la ureche.

— Asta mă întristează.

— Mie îmi pare rău.

Ne-am privit în ochi. Mi-a venit s-o întreb: „De ce?" Am înțeles după expresia ei că nu ar putea să suporte întrebările, reproșurile mele. Carapacea i se fisura, ca și cum în sfârșit putea să simtă remușcări. Dar nu era prea târziu? Tata a luat-o de braț și i-a spus că e timpul. Ca încurajare, am avut dreptul la un „pe curând". Au plecat pe o parte a străzii, eu pe cealaltă. Mi-am pus ochelarii de soare și am pornit spre cafeneaua *mea*. Am coborât pe bulevardul Sébastopol ca să ajung pe strada Rivoli. N-am luat-o pe străzi mici, marile artere mă chemau, voiam să trec prin fața Primăriei, să fiu împinsă de-a lungul bazarului de lângă Primăria Parisului. Când în sfârșit am ajuns pe strada Vieille-du-Temple, pe stânga nu mai rămâneau decât vreo sută de metri până la casa mea. În momentul în care clopoțelul a sunat mi-am spus că Félix trebuie să fi avut informatori pe drum, căci a făcut șampania să pocnească în clipa când treceam pragul. Șampanie care a stropit barul. Fără să se mai ostenească să-mi toarne într-o cupă, mi-a dat sticla.

— Ești ucigătoare!

Am băut direct din sticlă. Bulele mi-au excitat papilele.

— Drăcie! Când mă gândesc că acum ești șefa mea!

— Ce mișto!

— Te prefer tatălui tău, mi-a spus luând sticla.

— Félix, tu vei fi mereu asociatul inimii mele.

M-a strivit la piept și a băut la rândul lui o înghițitură mare.

— Mi-a zis-o, afurista! mi-a spus dându-mi drumul, cu ochii strălucitori.

— Fă-mă să simt din nou bucuriile petrecerii!

Nu am avut timp să urc la mine și să mă schimb. Am curățat șampania de pe tejghea și am închis. Félix m-a târât într-un tur al barurilor. Cunoscut ca un cal breaz, sosea în fiecare loc ca un mare domn, cocteilurile fuseseră alese dinainte, cel mai bun prieten al meu pregătise această seară cu grijă. Toți amanții și pretendenții lui se întreceau să-mi facă loc; dacă Félix mă iubea, trebuia ca ei să aibă grijă de mine. Parcursul nostru a fost jalonat de întâlniri extravagante, de covoare roșii, de paiete, de flori prinse în părul meu, totul ca să facă din mine o prințesă de-o seară. Ambianța nebună organizată de Félix m-a amețit poate mai mult decât tot alcoolul pe care îl băusem

A venit timpul pentru o pauză de masă. În chip de cină, ne-am oprit pentru niște gustări la un mic local, ceea ce în mod sigur nu avea să anihileze efectul a tot ce băusem. Locul nostru la bar era rezervat. Félix știa foarte bine că îmi place să mă cațăr pe scaune și să văd ce se petrece în culise. O sticlă de vin roșu ne aștepta. Félix a ridicat paharul.

— Pentru părinții tăi care nu te vor mai bate la cap!

Fără să-i răspund, am luat prima înghițitură, vinul era tare, puternic, asemănător cu ceea ce trăiam în clipa aceea.

— Nu mai am familie, Félix...

El nu a găsit nimic să-mi răspundă.

— Îți dai seama? Nimic nu mă mai leagă de părinții mei, n-am nici frate, nici soră. Colin și Clara s-au dus. Tu ești tot ce-mi rămâne. Tu ești familia mea.

— De când ne-am întâlnit în facultate, am format mereu o pereche, asta nu se va schimba niciodată.

— Am făcut totul împreună!

— În afară de a ne culca!

Imagine de coșmar pentru noi doi! El și-a băgat un deget în gură ca să vomite, eu am făcut la fel. Doi adolescenți!

— Dar să știi, dacă te răzgândești în privința copiilor și nu găsești tipul potrivit, pot să contribui la banca de spermă. Îl voi învăța pe puști ce este viața.

Am scuipat vinul pe care îl băusem, el a izbucnit în râs.

— Cum poți să spui o asemenea aberație?

— Cădeam în butoiul cu melancolie și nu-mi plăcea.

— Ai dreptate! Vreau să dansez, Félix.

— Dorințele tale sunt porunci pentru mine.

Am depășit toată coada când am ajuns la local: Félix avea acces liber. L-a sărutat pe gură pe băiatul care turna în pahare, sub ochii mei șocați și prefăcuți. Ultima oară când îl văzusem în starea asta fusese la înmormântarea vieții mele de fată tânără! În separeul VIP ne aștepta o sticlă de șampanie de doi litri. După ce am dat pe gât două pahare, m-am avântat pe ringul de dans. Mi-am legănat șoldurile, cu ochii închiși; mă simțeam vie, întinerită cu zece ani, spălată de necazuri și îndreptățită să profit de viață.

— Am negociat pentru tine, mi-a șoptit Félix la ureche. Profită, nu se va mai repeta.

Grație a două perechi de brațe, am zburat până pe un podium. Bașii și bateriștii m-au privit în transă. Timp de câteva minute, eram regina serii cu *Panic Station* a formației Muse. De săptămâni întregi ascultam această bucată iar și iar, până-ntr-atâta că Félix nu mai suporta. Mă surprinsese chiar făcând curat în cafenea cu acest cântec în urechi. Aveam publicul meu, l-am făcut să repete refrenul: *Ooo, 1, 2, 3, 4 fire's in your eyes. And this chaos, it defies imagination. Ooo, 5, 6, 7 minus 9 lives. You've arrived at panic station.*

Spre ora 4 dimineața, de comun acord, am hotărât să ne întoarcem la casele noastre. Întoarcerea a fost anevoioasă și deranjantă pentru toți cei care dormeau. Eu îmi zbieram cântecul, Félix asigura acompaniamentul, cu o sticlă de șampanie ascunsă sub haină. M-a însoțit până la ușa imobilului cafenelei. A aruncat o privire fațadei.

— Oamenii fericiți își iau viața în mâini! Iată-te la tine acasă!

— E colosal!

— Ai să reușești să urci?

— *Yes!*

Ne-am mângâiat drăgăstos.

— Noapte bună, familie, i-am spus.

— O vom lua de la capăt?

— Nici nu se pune problema!

I-am dat drumul și am deschis ușa.

— De fapt, mâine dimineață ținem închis, dormi.

— Mulțumesc, șefa!

A plecat vesel, energizat de vestea dimineții de lene-veală. Ceea ce nu știa era că eu aveam de gând să deschid la timp.

Trezirea a fost atroce. Cu ochii pe jumătate închiși, am căutat în dulăpiorul cu medicamente și am înghițit un gram de paracetamol, înainte de prima cafea a dimineții. De neconceput pentru mine într-o situație obișnuită. Am făcut un duș rece ca să-mi limpezesc ideile. Când să mă încalț, mi-am spus că greșeala mea cea mai mare din ajun nu fusese să petrec cu Félix, ci că stătusem toată noaptea pe tocuri. O să muncesc, așadar, în șlapi în luna aprilie!

Ca în fiecare dimineață, am trecut pe la brutărie ca să-mi cumpăr croasantul și cornul cu ciocolată zilnice. După aceea, am deschis cafeneaua și n-am închis ușa. Aerul răcoros al dimineții mă va ajuta să-mi țin ochii deschiși — cu atât mai rău pentru picioarele mele înghețate. Am pus în funcțiune filtrul și mi-am făcut o doză triplă de cafea. Primii mei clienți au venit în liniște și și-au făcut timp să se trezească împreună cu mine, răsfoind *Le Parisien*. După trecerea acestui prim val, am pus în ordine ce era de pus, am verificat stocurile și încasările, cum făceam de aproape un an, și am parcurs în fugă ultimele noutăți literare. Știam că voi avea liniște o bună bucată de timp, căci somnul îndelungat al lui Félix se va prelungi până după-amiază. Să profite de el! Nimic nu se schimbase, și totuși totul era altfel. Ieșisem întărită și stabilizată din bătălia cu părinții mei. Nu le mai datoram nimic. Iar viața, viața mea nu se oprea la ei, chiar dacă îmi rămânea o anumită amărăciune.

Trei

La sfârșitul acelei zile însorite, rezemată de fațadă, fumam o țigară pe trotuar când un client și-a făcut apariția. I-am aruncat o privire — nu-mi spunea nimic, putea să se ocupe Félix de el. Când m-am întors la post, asociatul meu stătea cu degetul în gură în spatele tejghelei, iar clientul părea neajutorat în fața cărților și a clasificării lor fanteziste. M-am îndreptat către el.

— Bună ziua, pot să v-ajut?

S-a întors spre mine și a rămas nemișcat. Am schițat un zâmbet vag.

— Hm... bună ziua... cred c-am găsit ce-mi trebuia, a spus luând o carte la întâmplare. Dar...

— Da?

— Mai serviți?

— Sigur că da!

— O să iau o bere.

S-a instalat la bar, m-a privit cum îi servesc berea și a zâmbit ușor în chip de mulțumire. A început să butoneze telefonul. L-am observat cu discreție. Bărbatul acesta emana ceva liniștitor. Avea farmec, dar nu reușeam să-mi dau seama dacă aș fi întors sau nu capul după el pe stradă.

Glasul lui Félix m-a adus la realitate. Zâmbetul pe care îl afișa în colțul gurii m-a enervat.

— Ce e?

— Pot să te las să închizi? Sunt așteptat...

— Nicio problemă, dar nu uita, mâine e zi de livrări și n-am chef să-mi rup iar spinarea.

— La ce oră?

— La 9.

— Contează pe mine.

Și-a luat haina, mi-a lipit un sărut pe obraz și a plecat. Câteva minute mai târziu clientul meu a primit un telefon care a părut să-l nedumerească. Continuându-și conversația, și-a terminat berea, s-a sculat și m-a întrebat din priviri cât îmi datora. Mi-a plătit și i-a spus interlocutorului său să nu închidă. A acoperit telefonul cu mâna și mi s-a adresat:

— O seară bună... e frumos aici, la dumneavoastră.

— Mulțumesc.

S-a răsucit pe călcâie, clopoțelul de la ușă a sunat când a ieșit și asta m-a făcut să zâmbesc. Am scuturat din cap și am hotărât să închid un pic mai devreme.

Evident, a doua zi dimineață m-am trezit cu desăvârșire singură la primirea mărfii. Ca să-mi potolesc furia, l-am sunat pe Félix. A răspuns robotul. „Mă scoți din sărite, Félix! Iar o să mă ocup singură de toate!“

L-am rugat degeaba pe șofer să mă ajute să duc cutiile în cafenea. Cu umerii căzuți, m-am uitat la camionul care pleca. Mi-am suflecat mânecile și am luat primul colet — cel mai mic — când cineva mi-a strigat:

— Așteptați! Am să v-ajut!

Clientul din ajun nu mi-a lăsat timp să reacționez, mi-a luat povara.

— Ce faceți aici? l-am întrebat.

— Locuiesc în cartier. Unde pun asta?

L-am condus până în cămăruța care servea drept magazie continuându-mi interogatoriul:

— Nu v-am mai văzut pe-aici.

— E normal, m-am mutat acum trei săptămâni. V-am remarcat... din prima zi, adică... mă rog, cafeneaua dumneavoastră... pe scurt, n-am găsit timp decât ieri să vin să văd mai de aproape. În sfârșit... le pun și pe celelalte tot aici?

— Nu, lăsați, am să mă descurc singură. Să nu întârziați.

— Și ce dacă? mi-a răspuns cu un zâmbet larg înainte să-și dea jos geaca și să se ocupe de următoarea cutie. A fost de o eficacitate redutabilă; în zece minute, totul era aranjat.

— Gata! Vedeți, n-a durat mult.

— Mulțumesc... Puteți să mai rămâneți un moment?

— Da, mi-a răspuns fără să se uite la ceas.

— Vă las cafeneaua în grijă două minute. Am alergat la brutărie și am cumpărat ceva mai mult decât rația mea zilnică. Clientul cel ciudat nu se mișcase când m-am întors.

— Un mic dejun drept răsplată, ce ziceți?

— Dacă-mi spuneți pe nume și ne tutuim!

Am râs și i-am întins mâna.

— Diane.

— Olivier, încântat...

— Îți sunt foarte îndatorată. La masă! Am trecut în spatele tejghelei și mi-am dat seama că zâmbeam cu gura până la urechi. Olivier s-a instalat pe un taburet. Cafea?

— Se pare că aduce fericirea...

— Merge și ceaiul, să știi.

— Nu, cafea e perfect.

Micul nostru dejun s-a prelungit, am vorbit despre cartier, despre ploaie și timp frumos... era bine. Olivier era într-adevăr fermecător și mai mult decât plăcut la privit cu ochii lui căprui zâmbitori și gropițele din obraji. Tocmai aflasem că era kinetoterapeut, când și-a consultat ceasul. Drace! Prima mea programare.

— Oh... îmi pare rău, e vina mea.

— Ba nu, a mea, e plăcut la tine. Am să vin des, cred.

— Ușa îți va fi mereu deschisă... Hai! Du-te!

A plecat în fugă.

În mai puțin de cinci minute, Félix și-a făcut apariția cu un zâmbet vag pe buze.

— Ce trântor! Vii după bătălie!

— Pe tine bătălia te-a umplut de energie, după cum văd! Și-apoi, din câte știu, nu tu ai fost cea care a transpirat.

Am făcut ochii mari și am căscat gura.

— Cum... cum... de unde...

— Cafeneaua de peste drum, e îngrozitoare, dar vederea asupra paradei amoroase era perfectă!

— Ți-ai premeditat lovitura.

— Sărea în ochi de ieri. Tipul te place, dă târcoale cafenelei de mai multe zile. Am făcut un test în dimineața asta. E un tip bine, înțeleg dacă îl placi.

— Dar... absolut deloc...

— E îndrăgostită și prostuță, foarte drăguț.

Prima palmă a zilei.

— E simpatic, dar nimic mai mult. Scutește-mă. Și-apoi... poate că nici n-o să mai dea pe-aici.

— Spune-i-o lu' mutu'!

Chiar în seara aceea m-am surprins urmărind circulația de pe stradă. Am închis fără să-l revăd pe Olivier. Am refuzat să mă recunosc decepționată. Totuși, am profitat de această stare febrilă: mă simțeam ușoară, pluteam, uimită să regăsesc această stare în viața mea. Era cu adevărat pentru prima oară după Colin când retrăiam aceste senzații. Prima dată când un bărbat mă emoționa prin prezența sa și îmi stârnea interesul.

Două zile mai târziu, Olivier era încă în mintea mea. Întorceam plăcuța de la ușă la ora închiderii când a venit în fugă. Și-a sprijinit mâinile pe genunchi recăpătându-și răsuflarea. Am deschis ușa.

— Am reușit! mi-a spus.

— E închis!

— Știu, dar tu ești încă aici. Te-am ratat deja două seri la rând, astăzi trebuia să ajung la timp.

— Ce vrei?

— Să merg să beau un pahar cu tine. Îți petreci serile privindu-i pe ceilalți relaxându-se după ziua de muncă. Ai și tu dreptul la asta... Mi-a remarcat uluiala. ... doar dacă nu te-așteaptă cineva... Scuză-mă, ar fi trebuit să mă gândesc... bun... hm... plec...

Se pregătea deja să se întoarcă. L-am prins din urmă în stradă. Nu voiam să plece. Era evident că mă făcea fericită să-l văd.

— Nu mă așteaptă nimeni.

— Adevărat?

— Dacă-ți spun!

Am străbătut toată strada Vieille-du-Temple ca să ajungem pe strada Bretagne. Am găsit repede un loc la terasă. Olivier mi-a pus multe întrebări despre cafenea, eu am fost evazivă în privința originilor acesteia. A căutat de asemenea să afle cine era Félix și ce reprezenta el pentru mine. După expresia lui, am înțeles că îl liniștea mult homosexualitatea prietenului meu. Am aflat că avea treizeci și șapte de ani, că lucrase mult timp în Belgia unde își făcuse studiile, înainte să se întoarcă la Paris, cu ceva mai mult de cinci ani în urmă. „Chemarea rădăcinilor", mi-a explicat el. Vedeam apropiindu-se momentul în care va trebui să-i vorbesc mai în detaliu despre mine. Atunci am hotărât să scurtez întâlnirea; nu eram sigură că era pregătit să audă cine eram cu adevărat și ce trăisem. Mă simțeam bine cu el și m-am panicat la ideea că l-aș face să o ia la fugă din cauza problemelor mele. Și totuși, dacă era să fie ceva între noi, nu puteam să-i ascund trecutul meu. Era de neconceput. O adevărată piatră de încercare.

— Olivier, îți mulțumesc pentru tratație, dar acum trebuie să plec. Am petrecut un moment foarte plăcut cu tine.

— Plăcerea a fost mai mult decât împărtășită. Unde locuiești? Pot să te însoțesc?

— Locuiesc deasupra cafenelei. Ești drăguț, dar nu e nevoie să mă duci până acasă, ar trebui să mă descurc singură.

— Îmi dai voie să fac o bucată de drum împreună cu tine?

— Dacă ții neapărat...

Am luat-o pe drumul de întoarcere. Mă simțeam incomod, nu mai reușeam să-i vorbesc, îi evitam privirea. S-a lăsat stânjeneala între noi. Plimbarea noastră a durat cinci minute înainte ca Olivier să se hotărască să se oprească.

— Am să te las aici...

M-am întors spre el. Găsea puterea să-mi zâmbească încă, deși eu amuțisem de mai multe minute.

— Pot să mai vin la cafenea să te văd? m-a întrebat.

— Când vrei... pe curând.

Am făcut doi pași înapoi fără să-l slăbesc din ochi, înainte să-i întorc spatele și să o iau către apartamentul meu. La pasajul pietonal dintre strada Vieille-du-Temple și strada Quatre-Fils, am aruncat o privire peste umăr: Olivier nu se mișcase din loc și mi-a făcut semn cu mâna. Am oftat zâmbind și mi-am văzut de drum. Nu mai știam ce să fac... M-am culcat imediat ce am ajuns acasă. Somnul a întârziat mult până să vină.

Dacă a remarcat-o, Félix nu a spus nimic despre nervozitatea mea din zilele următoare. Îmi vedeam ca de obicei de treburi, cu toate acestea nu încetam să rumeg subiectul lui Olivier și al unei viitoare relații amoroase. Cum să îi vorbesc despre situația mea fără să-l fac s-o ia la fugă? Una era să vreau să trăiesc o poveste de iubire și să mă simt pregătită pentru ea și alta era să nu-l sperii cu trecutul meu, cu fragilitatea mea și consecințele asupra vieții mele de femeie.

Sâmbătă seara, liniște. Vremea fusese frumoasă toată ziua și clienții părăsiseră cafeneaua în favoarea teraselor. Îi înțelegeam, aș fi făcut la fel. Urma să închidem devreme. Eram în spatele barului, iar Félix căsca pe un scaun.

— Ce program ai pentru astă-seară? l-am întrebat punând câte un pahar de vin roșu pentru fiecare.

— Nu reușesc să mă hotărăsc, sunt chemat peste tot și nu știu cui să acord această favoare.

Ce bine că era aici, găsea întotdeauna mijlocul să mă facă să râd.

— Și tu? a urmat după ce am ciocnit.

— O, am întâlnire cu *Le Plus Grand Cabaret*.

— Nu mai ai vești de la admiratorul tău?

— Nu, ar fi trebuit să-mi închipui. Oricum, ar lua-o la sănătoasa când ar afla despre Colin și despre Clara... și restul...

— Restul? Povestea cu copilul? E ridicol, într-o zi vei ajunge să regreți.

Numai la ideea asta m-a apucat tremuratul.

— Nu, nu cred.

— Diane, exagerezi. Nu-ți cere nimeni să te recăsătorești sau să-ți întemeiezi o familie imediat. Întâlnești pe cineva, petreci un timp cu el și lași lucrurile să se desfășoare.

— Oricum, s-a dus totul pe apa sâmbetei.

— Nu fi așa sigură, ia uite cine vine...

L-am văzut pe Olivier, care se pregătea să deschidă ușa. Inima îmi bătea să-mi spargă pieptul.

— Salut, ne-a spus simplu când a intrat.

— Salut, Olivier, a rostit vesel Félix. Ia loc!

A bătut cu palma într-un scaun de lângă el, poftindu-l să se așeze. Olivier a înaintat prudent cerându-mi din priviri permisiunea.

— Bei același lucru ca noi? i-am propus.

— De ce nu?

Félix a luat frâiele discuției asaltându-l pe Olivier cu întrebări despre viața și munca lui. El se supunea de bunăvoie acestui interogatoriu. Sub masca umorului, cel mai bun prieten al meu se informa asupra seriozității acestui bărbat; îl cunoșteam destul de bine ca să știu că, deși și-ar fi vândut și mama, și tatăl pentru ca eu să găsesc pe cineva, asta îl îngrozea. În ce mă privește, nu interveneam în discuția lor; nu eram în stare. Brusc, am început să mă ocup de veselă. Am șters fiecare pahar, fiecare ceașcă de mai multe ori la rând. Fugeam de privirea lui Olivier de îndată ce el încerca s-o surprindă pe-a mea. Când a devenit evident că nu mai aveam ce să spăl, să frec, să lustruiesc... am înhățat pachetul de țigări de pe bar și am ieșit să iau aer.

Eram la a doua țigară consecutivă când am auzit clopoțelul: Félix.

— Gata, regele a ales, știu încotro s-o apuc.

— Nu... te rog... nu poți să mă lași singură cu el.

— Singurul lui defect este că nu fumează. Este chiar un tip ca lumea. Se vede. Nu-ți pierde capul. Vorbește-i. Aruncă-te. Profită un pic de viață!

Mi-a trimis o bezea.

— Te-așteaptă.

Félix a plecat, vesel ca un cintezoi. Am oftat adânc înainte să intru în cafenea.

— Ei..., m-a salutat Olivier.

— Ei...

— O cină în doi, te tentează?

M-am dus în spatele barului și am înghițit o gură de vin. Olivier nu mă scăpa din ochi.

— Putem să rămânem aici? i-am propus. Închid și barul e al nostru toată seara.

— Dacă mă lași să mă ocup de masă.

— De acord!

A sărit de pe scaun, s-a îndreptat spre ușă, dar s-a răzgândit și s-a răsucit spre mine.

— Ai să mai fii aici când mă întorc? N-ai să fugi?

— Ai încredere în mine.

Mi-a adresat un zâmbet larg și a ieșit.

Ca să-mi omor timpul până la întoarcerea lui, am stins luminile din vitrină și am întors plăcuța de la ușă — cu anunțul „închis" — am schimbat muzica, am pus ultimul album Angus & Julia Stone și m-am închis în baie. Aveam o înfățișare îngrozitoare; mă grăbisem în dimineața aceea, nu avusesem timp să mă machiez, iar parfumul nu era prea proaspăt. Problema era că nu voiam să-mi asum riscul să găsească Olivier ușa închisă când se întorcea și nu aveam timp să urc la mine. Telefonul mi-a vibrat în buzunar. SMS de la Félix: „Dacă vrei să-ți renovezi fațada, du-te și caută în spatele indicatorului de lângă casă". Îmi venea să cred că pusese o cameră de supraveghere în toaletă; din partea lui, orice era posibil! Într-adevăr, Félix pregătise pe la spatele meu o trusă de machiaj, o perie de păr și un eșantion din parfumul meu.

Tocmai pusesem tacâmurile și vesela pe bar când Olivier s-a întors cu brațele încărcate.

— Ai mai invitat și pe alții să mănânce cu noi?

— Nu știam ce să aleg, mi-a răspuns punând pe tejghea diferite pungi. Așa că am luat câte puțin din toate. Am trecut pe la birtașul grec, pe la băcănia italiană, pe la vânzătorul de brânză... și pe urmă, pentru desert, am luat prăjituri cu ciocolată, dar mi-am zis că poate preferi fructele așa că avem și tarte...

— Nu era nevoie să faci toate astea.

— Îmi place să mă ocup de tine.

— Crezi că am nevoie să se ocupe cineva de mine?

S-a încruntat.

— Nu... mă atragi și îmi face plăcere...

Mi-am privit picioarele, genunchii care îmi tremurau.

— Nu sunt la mine acasă, dar ne așezăm?

Avea priceperea de a mă face să mă simt în largul meu și de a diminua tensiunea inerentă acestei întâlniri improvizate.

Am pierdut noțiunea timpului. Nu-mi aminteam să mai fi petrecut o seară atât de plăcută de ani. Olivier mă făcea să râd povestindu-mi anecdote despre junghiurile lui imaginare. Descopeream un om fără probleme existențiale, spontan, care aștepta de la viață lucruri simple ca să fie fericit. M-a făcut să înțeleg că voia să știe ceva mai multe despre mine.

— Ești întotdeauna puțin reținută... Mă întreb cărui fapt se datorează asta... Sper că nu ți-e frică de mine.

— Nu, i-am răspuns zâmbind. Este adevărat că de mult timp nu m-am mai aflat în această situație...

— Ai trecut printr-o ruptură dureroasă? Iartă-mă, poate sunt un pic prea brusc...

— Nu... e ceva mai complicat decât atât... și nu este ușor de explicat...

— Nu te forța să-mi povestești...

— Ba da, este important... Poate că după aceea nu vei mai vrea să mă vezi...

— Doar dacă-mi spui că ești o criminală...

— Te asigur că n-am omorât pe nimeni! i-am răspuns râzând.

Ochii mi-au clipit cu repeziciune, am respirat adânc înainte să-mi dau drumul:

— De fapt, Olivier... mi-am pierdut soțul și fiica într-un accident de mașină, în urmă cu trei ani...

— Diane... sunt...

— Nu spune nimic, acum sunt bine. Dar de atunci nu am mai avut pe nimeni în viața mea... și trebuie să spun că... este pentru prima dată când mă simt cu adevărat bine alături de un bărbat. Voi înțelege dacă asta te sperie...

Am lăsat ochii în jos. L-am zărit pe Olivier lăsându-se în jos și încercând să-mi prindă privirea pe sub sprâncene. Am râs ușor. Nu devenise nici distant, nici rigid, rămăsese același.

— Ce zici de un întăritor?

— Da.

— Pot să trec în spatele barului să mai desfac o sticlă?

Am ridicat capul și l-am urmărit din priviri.

— Este un vis din adolescență, înțelegi? a adăugat râzând.

— Te rog, fă-ți plăcerea!

A găsit sticla și tirbușonul și ne-a servit. Concentrarea cu care își făcea treaba m-a emoționat și m-a relaxat.

— Te descurci. Aș putea să te angajez.

— Nu fac decât muncă extra-program, mi-a răspuns cu o ocheadă.

Se pregătea să vină lângă mine când a remarcat montajul cu toate fotografiile de familie. M-a întrebat din priviri. Pot?

— Te rog.

A luat cadrul și l-a studiat mai de aproape.

— Félix părea apropiat de fiica ta.

— Este nașul ei... Te deranjează dacă fumez?

— Ești la tine acasă. Poate că nu vrei să vorbești despre asta?

— Dacă ai întrebări..., i-am răspuns aprinzându-mi țigara.

A pus fotografiile la locul lor și a venit lângă mine.

— Ce-ai făcut în acești ultimi trei ani? Vreau să zic... ca să depășești momentul... pentru că nimeni nu poate să-și închipuie prin ce ai trecut.

Am respirat adânc, mi-am terminat țigara și am strivit-o înainte să-i răspund:

— Am stat un an închisă în casă... Dacă sunt încă în viață, lui Félix i-o datorez. Mă scutura atât de tare că am hotărât să plec... Am trăit un an în Irlanda, într-un sat oarecare, cu marea la câțiva metri de casă...

— Cum era?

— Umed, dar asta m-a trezit. E frumos, este foarte, foarte frumos, știi... peisajele sunt grandioase, este o țară care merită văzută...

Luptam împotriva amintirilor, refuzam să mă las invadată de fantomele mele irlandeze.

— M-am întors în cele din urmă acasă și mi-e bine de atunci. Nu mai vreau să mor... Vreau să trăiesc, dar o viață liniștită, la Paris, la cafenea. Cam atât...

Am zâmbit ușor.

— Îți mulțumesc că mi-ai vorbit despre asta. N-am să te mai întreb nimic.

Zâmbindu-mi, mi-a îndepărtat cu delicatețe o șuviță de păr de pe frunte. M-am înfiorat.

— Am să te-ajut să faci ordine înainte să te las să pleci la culcare.

S-a ridicat și a trecut în spatele barului ca să se ocupe de vase. M-am alăturat lui și am șters farfuriile pe care mi le dădea. Ascultam *No Surprises* care se tot repeta, nu vorbeam. În spațiul redus în care ne aflam, nu era cu putință să nu ne atingem, umăr lângă umăr și îmi plăcea asta. Când totul a fost curat și aranjat, Olivier și-a luat haina.

— Urci la tine prin interior? m-a întrebat.

— Da.

— Închide bine. L-am însoțit până la ușă, stăteam față în față.

— Diane, n-am să te grăbesc, am să-ți las timp să vii către mine dacă vrei... Am să te-aștept, mult timp dacă trebuie...

S-a apropiat de mine și mi-a șoptit la ureche:

— Nu mi-e frică.

Apoi m-a sărutat pe obraz. Nu au fost cele două sărutări amicale fără semnificație — pe care de altfel nu le

schimbaserăm niciodată. Nu, erau pur și simplu buzele lui pe obrazul meu și era dovada promisiunii și delicateței lui.
— Noapte bună.
— Mulțumesc, am reușit să-i șoptesc.
A ieșit și a așteptat să încui înainte să se îndepărteze. Ca în transă, am urcat la mine și m-am culcat. Găsisem oare bărbatul care va aduce bucuria în viața mea? Voi putea să mă las în mâinile lui?

Patru

În următoarele două săptămâni Olivier a trecut aproape în fiecare zi să mă vadă. Uneori doar ca să mă salute; alteori, se oprea să bea o cafea sau un pahar, seara, când termina munca. Nu m-a mai invitat niciodată să ies cu el, nici nu s-a mai apropiat fizic de mine. Mă lăsa să mă obișnuiesc cu prezența lui, mă îmblânzea și asta funcționa: scrutam strada din ce în ce mai nerăbdătoare, pândindu-i sosirea, eram tristă când pleca și seara, când mă culcam, încă mă gândeam la el. Cu toate acestea, nu reușeam să fac pasul, să-i împărtășesc sentimentele mele. Ideea de viitor mă îngrozea.

Își petrecuse pauza de masă la cafenea și tocmai plecase când Félix, pe care nu-l văzusem venind, s-a răstit la mine:

— De-a ce te joci?

— Poftim?

— Începe să-mi trezească milă acest biet băiat. Îl fierbi în suc propriu, deși ți se scurg ochii după el. Văd bine că îți petreci ziua așteptându-l, te bâlbâi când e aici... Ce mai aștepți ca să sari pe el?

— Nici eu nu știu...
— E din cauza lui Colin? Credeam că ai depășit faza asta.
— Nu, nu e din cauza lui Colin. Dacă e să fiu cinstită cu tine, mă gândesc mai mult la Olivier decât la el.
— E semn bun.
— Da... dar...
— Gentilețea și răbdarea au limitele lor. Dă-i un pic de speranță, altfel...
— Lasă-mă-n pace, i-am răspuns, exasperată de adevărurile pe care mi le arunca în față.

Chiar în seara aceea, Félix m-a privit cu ochi mari când Olivier a trecut pe-acolo și s-a apropiat de mine cu un zâmbet timid.
— Ești liberă mâine seară?
— Păi... da...
— De fapt, am invitat câțiva prieteni care mă presau să sărbătoresc instalarea în casă nouă. Mi-ar plăcea să fii de față. De altfel, Félix, dacă vrei, vino și tu.
— Vom fi acolo, am răspuns, fără să-i dau timp lui Félix să spună ceva.
— Te las să lucrezi. Pe mâine seară, atunci!
L-a salutat pe Félix. Închizând ușa în urma lui, m-a privit prin geam, eu i-am zâmbit.
— Pfui, nu era așa de complicat!
— Să nu mă faci de rușine mâine seară, i-am spus lui Félix.
A pufnit.

Când am sunat la ușa lui Olivier a doua zi, eram fericită, deloc stresată. Dimpotrivă, eram nerăbdătoare să-l văd. Hotărâsem să las deoparte îndoielile și angoasele. În momentul în care Olivier ne-a deschis ușa, Félix, mai puțin discret decât un elefant într-un magazin de porțelanuri, ne-a lăsat baltă, râzând înfundat ca o adolescentă.

— Va asigura animația serii, să știi, l-am informat pe Olivier.

— Să-și facă plăcerea!

Ne-am privit în ochi.

— Mulțumesc că m-ai invitat în această seară, sunt fericită să fiu cu tine. Și fără să stau pe gânduri, l-am sărutat pe obraz. Mă prezinți?

Olivier nu a fost nevoit să facă prezentările, toți prietenii lui îl auziseră vorbind despre mine. S-a prefăcut jenat de ochii lumii, căci mi-a făcut cu ochiul. Primirea lor m-a emoționat, făceau totul ca să mă simt de-a lor. Félix s-a acomodat foarte repede, vorbind cu toată lumea și înșirând glumele una după alta. Olivier m-a servit cu un pahar de vin alb și s-a scuzat că nu poate să stea cu mine.

— Mai am treabă la bucătărie.

I-am descoperit locuința; nicio legătură cu apartamentul unui burlac. Dimpotrivă, era comod. Nici dezordine, nici minimalism exagerat. Era călduros: canapeaua îmbrăcată în stofă te poftea să te cuibărești pe ea, plantele verzi și fotografiile de familie și ale prietenilor făceau ansamblul viu și primitor. Totul după chipul lui Olivier: liniștitor.

Râdeam, discutam cu oameni de vârsta mea, simpatici, aveam sentimentul că redevin o femeie ca toate celelalte. Nu mă mai agățam de Félix, nu mă mai simțeam în pericol. La fiecare cuvânt, îi asiguram pe curioși: „Da, îmi place Olivier! Nu este decât o chestiune de timp". Erau un grup unit de prieteni, pentru care fericirea unuia sau altuia reprezenta un veritabil interes. Nu m-a întrebat nimeni despre viața mea personală, Olivier fusese discret. Buna mea dispoziție s-a năruit ca un castel de cărți de joc în momentul în care o femeie a ieșit dintr-o încăpere — bănuiam că este camera lui Olivier — cu un bebeluș de șase luni în brațe. Strălucea de fericire și de oboseală maternă. Mi-a venit să plec în fugă, țipând; m-am ascuns, sperând ca ea să nu mă vadă. Bineînțeles, m-a reperat într-o secundă și s-a apropiat de mine cu un zâmbet larg pe buze.

— Diane, nu-i așa? Sunt încântată să te cunosc, Olivier ne vorbește mult despre tine.

M-a îmbrățișat, mirosul de lapte pentru bebeluși mi-a ajuns la nas și m-a trimis înapoi la nașterea Clarei. Îmi plăcuseră întotdeauna bebelușii și mirosul lor — Colin îmi spunea adesea: „O tragi pe nas pe fiică-ta!" Înainte de plecarea lor, ne gândeam să mai facem unul, ca să-i dăruim Clarei o surioară sau un frățior...

— Și îți prezint lumina ochilor mei, a continuat arătând spre bebeluș. Îi dădeam biberon când ai... O, fir-ar să fie, i-am uitat tetina în camera lui Olivier! Pot să ți-o las două secunde?

Fără să-mi aștepte răspunsul, mi-a pus copilul în brațe. Mi-am simțit capul ca prins într-o menghină, sângele mi-a înghețat. Nu mai vedeam această fetiță, mă vedeam pe mine, cu Clara MEA în brațe. Îi miroseam pielea, mânuța mică agățată de degetul meu, îi distingeam primele bucle blonde. Printre gângurerile acestui bebeluș, am auzit urletul tăcut din mintea mea. Respirația mi s-a accelerat. Tremuram atât de tare că aș fi scăpat-o din brațe dacă aș mai fi ținut-o o secundă. Mi-a fost teamă că durerea mea îi face rău.

— Diane.. Diane...

Am ridicat ochii înecați în lacrimi spre Olivier, care mă striga încetișor.

— Am s-o iau eu, bine?

Am dat din cap. Ca paralizată, l-am văzut pe Olivier ocupându-se de copil ca și cum mereu ar fi făcut asta. A strâns-o la piept, i-a vorbit și i-a dat-o celui pe care l-am bănuit a fi tatăl ei. Apoi s-a întors la mine și m-a luat de mijloc.

— Am nevoie de Diane în bucătărie! a spus din mers.

Înainte să ies din încăpere, am întâlnit privirea îngrijorată a lui Félix. Prietenul meu era alb ca varul. Olivier a închis ușa micii bucătării, a deschis fereastra, a scos o scrumieră dintr-un dulap și mi-a dat pachetul de țigări, pe care probabil îl luase pe drum fără ca eu să-mi dau seama. Am aprins o țigară, tremurând și plângând. Olivier mi-a respectat tăcerea.

— Îmi pare rău, i-am spus.

— Nu spune prostii, nimeni n-a văzut nimic. Sau dacă da, n-au nimic de zis. Vrei să mă duc după Félix?

— Nu...

Mi-am tras nasul, el mi-a dat o batistă.

— Nu mai sunt normală... nu mai pot să văd copii, bebeluși... doare prea rău. Pentru că de fiecare dată îmi amintesc că mi-a fost luată fiica mea, Clara mea, iubirea vieții mele... nu voi accepta niciodată asta... nu voi putea niciodată să uit... să trec peste...

Am oftat. Criza de nervi nu era departe. Olivier s-a apropiat de mine, mi-a șters obrajii și m-a strâns la piept. M-am simțit imediat mai bine, eram în siguranță, îl simțeam tandru și blând. El nu a profitat de situație. Încetul cu încetul, mi-am recăpătat respirația normală. Aveam încredere în el, dar să-l văd cu bebelușul acela în brațe îmi confirma temerea din străfundul meu, care mă împiedica să mă dau cu totul lui.

— Nu sunt femeia potrivită pentru tine...

— Ce legătură are asta? m-a întrebat încetișor.

M-am desprins de el.

— Dacă relația noastră va merge...

Cu delicatețe, m-a cuprins în brațe, eu l-am lăsat.

— N-am nicio îndoială în această privință! mi-a spus mângâindu-mă pe obraz.

— Nu voi putea niciodată să-ți dăruiesc un copil. Nu mai vreau copii... mama care eram a murit odată cu Clara.

— Asta te reține?

— Într-o zi vei vrea să-ți întemeiezi o familie, te-am văzut cu fetița aceea, ți-a plăcut la nebunie s-o ții în brațe. Mi-aș reproșa că te fac să-ți pierzi timpul, găsește-ți o fată care vrea...

— Ssst!

Mi-a pus un deget pe buze și m-a privit în ochi.

— Îmi plac copiii, e adevărat, dar îmi plac mai ales la alții. Nu sunt un scop în viața mea. Sunt convins că un cuplu poate să-și fie de ajuns sieși. Este tot ce aștept de la o relație între noi doi, nimic altceva, te asigur. Avem tot timpul să ne gândim la copii... Am putea încerca aventura de a face o bucată de drum împreună, a încheiat cu un zâmbet.

Viața putea să fie mai blândă cu un bărbat ca el drept tovarăș. Brațele lui erau puternice și protectoare, ochii căprui, blânzi și zâmbitori, totodată, chipul expresiv. Nu mai aveam decât un pas de făcut. Mi-am apropiat încet fața de a lui și mi-am pus buzele peste ale sale. El și-a întărit îmbrățișarea, am deschis ușor gura, sărutul nostru a devenit mai profund, m-am agățat de gâtul lui. Olivier și-a lipit fruntea de a mea. M-a mângâiat pe obraz, am închis ochii zâmbind.

— Aș da orice să dispară toți de dincolo, mi-a spus în șoaptă.

— Și eu, să știi!

— Dacă e prea greu, te duc acasă.

— Nu, vreau să rămân.

— Contează pe mine că n-am să te las nicio secundă.

Ne-am sărutat din nou, lung, intens. Dar a trebuit să ne stăpânim. Ne-am separat câțiva centimetri, cu răsuflarea întretăiată.

— Ne întoarcem? m-a întrebat Olivier, țuguindu-și buzele.

— N-avem încotro.

Am luat farfuriile cu mâncare, ca să ne facem că munceam — aveam nevoie de o diversiune. Înainte să deschidă ușa, Olivier m-a mai îmbrățișat o dată. Orice am făcut, nu am scăpat de interogatoriul din priviri al lui Félix: vedea că plânsesem, dar că mai era și altceva. Când a înțeles, a făcut ochii cât cepele și mi-a trimis o ocheadă lubrică. Am petrecut tot restul serii pe lângă Olivier. Am reușit să mă destind repede, căci bebelușul a fost culcat și nu l-am mai auzit zicând nici pâs. Când simțeam scăzând curiozitatea în privința noastră, reușem întotdeauna să ne atingem. Treceam peste conversații, nu mă gândeam decât la ceea ce se petrecuse de curând, nerăbdătoare să fiu din nou singură cu Olivier.

Félix a reușit să mă încolțească.

— Te întorci acasă în noaptea asta?

— Nu știu, dar nu mă aștepta ca să pleci.

— Aleluia!

Toată lumea a plecat. Mai puțin eu. Imediat ce am rămas singuri, am parcurs cei doi metri care mă despărțeau de el și i-am regăsit buzele lipindu-mă de trupul lui.

Mâinile mele puteau în sfârșit să-l descopere, ale lui se plimbau deja pe talia, pe spatele meu.

— Pot să rămân să dorm aici? am șoptit cu gura lipită de a lui.

— Cum poți să mă-ntrebi așa ceva? mi-a răspuns.

Fără să mă îndepărtez de el, l-am târât înspre camera și patul lui... Doar o dorință brută m-a animat când am făcut dragoste cu el; mi-era sete de tandrețe, de atingere, de blândețe. Olivier era precaut în fiecare mângâiere, în fiecare sărut. Avea grijă de mine; nu căuta plăcerea lui, n-o voia decât pe a mea. Am știut că găsisem bărbatul de care aveam nevoie. Când am adormit, puțin mai târziu, în brațele lui, mi-am spus că nu mai eram soția lui Colin, eram doar Diane.

În luna care a urmat am redescoperit viața de cuplu. Ne vedeam în fiecare zi, în afară de duminica: nici nu se punea problema să renunț la masa mea cu Félix. Dormeam de regulă la el, la mine mult mai rar. Aveam încă anumite dificultăți în a-mi dezvălui grădina secretă. El nu mă forța; mă lăsa mereu să vin către el când eram pregătită.

Venise vara și îl anunțasem pe Olivier că nu aveam de gând să închid cafeneaua. Dacă a fost dezamăgit că nu plecăm în vacanță împreună, nu a arătat-o. În seara aceea de început de iulie, beam un pahar la terasă când i-am propus o alternativă.

— Am putea să avem un weekend prelungit?

— M-am gândit la asta, dar mi-am spus că poate nu vrei să pleci cu mine, de fapt, mi-a spus cu un zâmbet în colțul buzelor.

— Prostuțule!

A râs înainte să continue:

— Serios, știu că nu vrei să stai departe de cafenea.

— Ai dreptate, mă sperie gândul, dar acum ești tu aici și nu vom pleca pentru mult timp. Sper că Félix va putea să-și asume răspunderea...

În seara aceea, Olivier a dormit la mine.

Weekendul prelungit de 14 Iulie pica la țanc. Urma să mă despart pentru patru zile de cafenea și să îl las pe Félix în locul meu. Olivier se ocupase de tot: destinație, bilete de tren, hotel. Dar considera că nu îmi acordam destul timp liber. În ajunul plecării, a complotat cu Félix pentru ca să-mi iau o după-amiază suplimentară, „de probă“, s-au justificat ei. Spre marea mea bucurie, se înțelegeau de minune, Olivier râdea de toate extravaganțele lui Félix și nu avea o privire critică sau geloasă asupra strânsei noastre prietenii. Cât despre Félix, el vedea în Olivier succesorul lui Colin, îi aprecia umorul și mai ales faptul că nu punea niciodată întrebări indiscrete despre familia mea pierdută.

În timpul acelei faimoase după-amiezi de probă, Olivier m-a însoțit la cumpărături în magazine pe care nu le mai frecventasem de ani de zile; am profitat de solduri ca să-mi înnoiesc garderoba de vară. Îl urmam fără să-mi fac griji în privința drumului, mă călăuzea pe străzile Parisului ținându-mă de mână. Deodată, s-a oprit în fața unui spa. L-am întrebat din priviri.

— Cadou!

— Poftim?

— În următoarele două ore, cineva se va ocupa de tine. Relaxarea din vacanță începe astăzi.

— N-ar fi trebuit să...

— Ssst! Îmi face plăcere. După aceea, te duci acasă, te pregătești și vin să te iau la șapte diseară. Am aflat de o expoziție care ar trebui să-ți placă și pe urmă cinăm la restaurant.

I-am sărit de gât. După Colin, nimeni nu mai căutase să aibă grijă de mine ca el.

Eram relaxată, aveam o piele ca de bebeluș și purtam o frumoasă rochie neagră și espadrile la preț redus, cumpărate chiar în după-amiaza aceea. Înainte să cobor în cafenea ca să-l aștept pe Olivier, m-am privit în oglindă; am fost fericită să mă simt frumoasă pentru el. Privirea pe care mi-a adresat-o când m-a văzut o jumătate de oră mai târziu nu m-a decepționat.

În metrou, mă agățam de el, îl priveam și îl sărutam pe gât, ca o adolescentă îndrăgostită. Întorsesem pagina în privința atâtor lucruri. Nu vedeam ce ar putea să tulbure pacea în care înotam de când intrase Oliver în viața mea. Începeam să-mi mărturisesc că eram îndrăgostită de el. Un sentiment plăcut mă învăluia.

Am coborât din metrou la stația Montparnasse. Îl urmam pe Olivier fără să pun întrebări. Eram entuziasmată ca o puștoaică la ideea de a vedea o expoziție. El a vrut să păstreze surpriza până la sfârșit. Când am ajuns la destinație, m-a întors cu spatele la intrare, întârziind momentul în care să descopăr unde mergeam. Auzeam muzică în spatele meu; muzică celtică într-un cartier breton, ce putea fi mai firesc?

— Răsfoiam *Pariscope* când am dat peste această expoziție. Nu ține mult, așa că trebuia să profităm, mi-a spus Olivier, foarte mulțumit de sine.

— Despre ce este?

— Intră și vei vedea. Am împins ușa. Era o expoziție despre raportarea la mare a culturilor britanice, scoțiene și irlandeze. Ambianța creată era cea a unui pub; nu se serveau șampanie și prăjiturele uscate, ci bere Guiness, whisky și cipsuri cu oțet. Entuziasmul meu s-a prăbușit lăsând loc unei indispoziții abisale.

— Mi-ai spus că Irlanda ți-a făcut bine și m-am gândit că asta ți-ar plăcea.

— Da, am reușit să articulez.

Olivier m-a luat de mijloc și am început să facem turul galeriei. Era multă lume, înaintam cu greu printre vizitatori. Nu îndrăzneam să privesc nici o pânză, nici o fotografie, de teamă să nu recunosc vreun peisaj, să nu retrăiesc vreo senzație, să nu fac să reapară emoții. Răspundeam monosilabic la întrebările lui Olivier. I-am refuzat propunerea de a bea o bere Guiness.

— Am impresia că a fost o idee proastă, mi-a spus în cele din urmă.

I-am luat mâna și i-am strâns-o cu putere.

— E vina mea, ți-am spus că mi-a plăcut această țară și să locuiesc lângă mare, este adevărat... Dar nu am doar amintiri plăcute despre ea, nu am fost în cea mai bună formă acolo.

— În cazul ăsta, plecăm. Să te văd suferind este ultimul lucru pe care îl voiam. Îmi pare rău.

— Nu te supăra, dar prefer să plecăm, scuză-mă. Să ne continuăm seara departe de toate astea.

Ne-am îndreptat spre ieșire, eu am rămas lipită de el, privindu-mi picioarele. Eram aproape afară când, printre muzică și hărmălaia generală, s-a auzit o voce. O voce care m-a paralizat. O voce care m-a trimis înapoi la

Mulranny. O voce care mi-a adus pe buze gustul brumelor. O voce aspră cu miros de tutun și pe care credeam că n-am s-o mai aud vreodată.

— Așteaptă, i-am spus lui Olivier dându-i drumul.

L-am lăsat acolo și am făcut drumul înapoi, ghidată și hipnotizată de ecoul acelei voci, care suna ca un cântec de sirenă. Nu era cu putință. Aveam năluciri, tulburată de valul de amintiri pe care mi le trezea acel loc. Totuși, trebuia să am inima împăcată. Am urmărit siluetele, chipurile, am tras cu urechea la discuții, i-am îmbrâncit pe cei care îmi ieșeau în cale. Și am înghețat. Era într-adevăr vocea lui. Câțiva centimetri mă despărțeau de el. Era acolo: întors cu spatele, înalt, cu ținuta în neorânduială, în cămașă, cu o țigară între degete, care nu aștepta decât să fie aprinsă. Dacă adulmecam aerul, parfumul lui mi-ar fi invadat nările și m-ar fi retrimis din nou în brațele sale. Tremuram, gura îmi era uscată, mâinile umede, mi-era frig, mi-era cald.

— Edward..., am șoptit fără să vreau.

Am avut impresia că toată lumea mă auzise. El singur conta. Trupul i s-a încordat, a lăsat fața în jos câteva secunde, a strâns pumnii și a aprins nervos bricheta de mai multe ori la rând. Apoi s-a întors. Privirile ni s-au întâlnit. A mea îi transmitea surprindere și întrebări. A lui, după ce m-a scrutat din cap până-n picioare, mi-a transmis răceală, distanță. Trăsăturile îi erau la fel de dure, arogante, acoperite de barbă. Părul, la fel de ciufulit ca în amintirea mea, era acum străbătut de câteva fire albe. Părea epuizat, marcat de ceva ce nu reușeam să definesc.

— Diane, a spus în cele din urmă.

— Ce faci aici? l-am întrebat cu o voce tremurătoare, regăsindu-mi în mod natural engleza.

— Îmi expun fotografiile.

— De când ești în Paris?

— De trei zile.

Răspunsul lui a avut efectul unui pumnal în inimă.

— Aveai de gând să mă...

— Nu.

— Ah...

Întrebările mi se îngrămădeau în minte, dar nu eram în stare să rostesc niciuna. Atitudinea lui ostilă și rece mă paraliza. Privirea i-a alunecat înapoia mea și eu am simțit o mână pe spate.

— Te căutam, mi-a spus Olivier.

Cum putusem să-l uit? M-am străduit să zâmbesc și m-am întors către el.

— Scuză-mă... l-am... l-am văzut pe Edward înainte să ies și...

I-a întins mâna.

— Încântat, sunt Olivier.

Edward i-a strâns mâna fără să spună un cuvânt.

— Edward nu vorbește franceza.

— O, scuze! Nu m-am gândit că vei întâlni pe cineva pe care l-ai cunoscut acolo! a spus zâmbind și într-o engleză perfectă.

— Edward e fotograf și...

— Eram vecinul Dianei când locuia în Mulranny.

Eu nu l-aș fi definit astfel. Fusese mult mai mult. Iar bătăile inimii mele îmi dădeau semnale contradictorii în legătură cu ceea ce reprezenta încă pentru mine.

— Incredibil! Și vă întâlniți aici, printr-un mare hazard. Dacă aș fi știut... Diane, vrei să rămâi totuși? Aveți timp de recuperat, cu siguranță lucruri să vă povestiți...

— Nu, a intervenit Edward. Sunt ocupat. Încântat de cunoștință, Olivier.

Apoi, către mine:

— Să te porți frumos.

M-am panicat văzând că se îndepărtează.

— Așteaptă! L-am apucat de braț. S-a uitat la mâna mea. Am retras-o cu repeziciune. Până când stai?

— Am avion mâine seară.

— Oh... pleci deja... Ai un pic de timp să-mi acorzi?

Și-a trecut mâna peste față.

— Nu știu.

— Te rog, vino la cafenea. Te rog...

— Nu știu la ce ar folosi, a mormăit în barbă.

— Avem multe lucruri să ne spunem.

Și-a îndesat între buze țigara stinsă și m-a privit în ochi.

— Nu-ți promit nimic.

Am scotocit în geantă după o carte de vizită.

— Ai aici adresa și o hartă pe verso. Sună-mă dacă nu te descurci.

— Mă voi descurca.

Mi-a aruncat o ultimă privire, a făcut un semn cu capul înspre Olivier și s-a răsucit pe călcâie.

— Mergem? m-a întrebat Olivier. Mai mâncăm la restaurant?

— Da, bineînțeles. Nu s-a schimbat nimic.

Înainte să ies pe ușă, m-am întors. Edward vorbea cu lumea și în același timp mă privea.

O jumătate de oră mai târziu stăteam la masă într-un restaurant indian. Fiecare înghițitură era un supliciu, mă forțam pentru Olivier, ale cărui atenție și gentilețe nu se diminuaseră în ciuda a ceea ce tocmai îi făcusem; nu merita asta. Nu puteam să-l mai las în ignoranță. Dar va trebui să-mi cântăresc bine cuvintele.

— Scuză-mă pentru mai devreme, am început. N-ar fi trebuit să te las așa, dar... a fost atât de ciudat să regăsesc pe cineva... Ți-am stricat surpriza.

— Deloc. Ești tulburată și nu-mi place să te văd astfel.

— O să treacă, nu-ți face griji. Retrăirea atmosferei irlandeze m-a trimis cu gândul la acea perioadă a vieții mele care nu a fost ușoară.

— Și Edward? Ce-i cu el?

Tonul lui nu trăda nicio bănuială.

— Era vecinul meu, așa cum ți-a spus. Am închiriat o casă alături de a lui, iar proprietarii mei erau unchiul și mătușa lui, Abby și Jack. Niște oameni minunați... Eram prietenă cu sora lui, Judith, un Félix în versiune hetero.

— Trebuie să fi fost super!

— Este extraordinară...

— Și după ce ai plecat?

— Am părăsit Irlanda brusc, mi-am luat rămas-bun și nu am mai dat niciun semn de viață. Astăzi mi-e rușine pentru atitudinea mea egoistă.

— N-ai niciun motiv, mi-a spus el luându-mi mâna. Ar fi putut să te caute ei.

— Nu sunt genul care să se amestece în viața altora, mi-au respectat întotdeauna mutismul. Plecarea mea nu a schimbat nimic.

— De aceea ai insistat să-l revezi mâine?

— Da.

— Nu e prea vorbăreț, crezi că o să scoți ceva de la el?

Cum să nu râzi la remarca asta?

— Va fi concis, voi afla doar strictul necesar, dar este oricum mai bine decât nimic.

Am oftat și mi-am privit farfuria goală.

— Vrei poate să dormi singură în noaptea asta?

Mi-a căutat privirea.

— Nu, mergem la tine.

În pat, Olivier nu a încercat să facă dragoste, m-a sărutat și m-a ținut pur și simplu în brațe. A adormit destul de repede, dar eu n-am închis un ochi toată noaptea. Retrăiam fiecare detaliu al acestei reîntâlniri neașteptate. În urmă cu câteva ore Irlanda era o pagină întoarsă, o carte închisă în viața mea și așa trebuia să rămână. Dacă va veni a doua zi, voi afla vești despre unii și despre alții, el va pleca și viața mea își va relua cursul.

În pofida discreției mele, l-am trezit pe Olivier când m-am sculat.

— Te simți mai bine? m-a întrebat cu vocea încă somnoroasă.

— Da. Culcă-te la loc. Profită de vacanță.

L-am sărutat.

— Vin la tine diseară.

Un ultim sărut și am plecat.

Trei sferturi de oră mai târziu deschideam cafeneaua fără să-mi fi mâncat obișnuitul croasant. Aveam un nod în stomac. Clienții de dimineață probabil mi-au simțit proasta dispoziție; m-au lăsat să mi-o rumeg într-un colț. Spre prânz, când l-am văzut pe Félix apărând în cadrul ușii, am știut că situația va fi alta. N-aveam de ales. Dacă venea Edward, Félix se va afla în primele rânduri. Și cum să uit că la ultima lor întâlnire se bătuseră?

— Ce față ai astăzi! Olivier a rămas în pană sau ce?

Ataca tare. Voi răspunde la fel de tare:

— Edward e în Paris, m-am întâlnit cu el aseară.

S-a prăbușit pe primul scaun pe care l-a găsit.

— Cred că sunt încă sub efectul drogurilor!

Fără să vreau, am pufnit.

— Nu, Félix. Este purul adevăr și poate că astăzi va trece pe-aici.

După expresia mea, a înțeles că nu era o glumă. S-a ridicat, a înconjurat barul și m-a cuprins în brațe.

— Cum te simți?

— Nu știu.

— Și Olivier?

— Nu i-am spus ce a fost între noi.

— A venit pentru tine?

— Nu tocmai, judecând după cum m-a primit... Își expune fotografiile și pleacă astă-seară.

— Mda, mă rog, ar fi putut să fie mai rău. Am să stau la muncă toată ziua astăzi. Doar ca să-mi desfăt ochii!

Am izbucnit în râs.

A fost cea mai lungă zi de lucru a mea. Nu făceam decât să aștept. Félix mă supraveghea cu coada ochiului și făcea pe măscăriciul ca să mă destindă. Cu cât treceau orele, cu atât eram mai convinsă că nu va veni. Ceea ce, de fapt, poate că nu ar fi fost rău. Era periculos să răscolesc toate acele lucruri.

Îi dădeam restul unui client când a apărut, cu o geantă de voiaj pe umăr. Cafeneaua mi s-a părut deodată foarte mică; Edward ocupa tot spațiul. I-a strâns mâna lui Félix, care a avut bunul-simț să nu facă nicio glumă proastă, și-a pus coatele pe bar și mi-a cercetat universul cu cea mai mare atenție. Asta a durat minute lungi. Ochii lui verzi-albaștri scanau cărțile, paharele, fotografiile de pe tejghea. În cele din urmă și-a oprit privirea asupra mea, fără să spună nimic. Atâtea lucruri reînviau: disputele noastre, cele câteva săruturi, hotărârea mea, declarația lui, despărțirea noastră. Probabil tensiunea a devenit insuportabilă pentru Félix, căci a fost primul care a deschis gura.

— O bericică, Edward?

— N-ai ceva mai tare? i-a răspuns.

— Ceva vechi de zece ani merge?

— Sec.

— Diane, cafea?

— E bine, mulțumesc, Félix. Poți să te ocupi de clienți, dacă e cazul?

— Pentru asta sunt plătit! mi-a răspuns făcându-mi cu ochiul în chip de încurajare.

Edward i-a mulțumit lui Félix și a gustat whisky-ul. Îl cunoșteam îndeajuns de bine ca să știu că dacă nu începeam eu discuția, el era în stare să stea o oră fără să scoată niciun cuvânt. La urma urmei, eu fusesem cea care îi ceruse să vină.

— Așadar, expui la Paris?

— Mi s-a ivit această șansă.

S-a frecat la ochii încercănați. De unde această oboseală pe care o degaja?

— Cum îți merge?

— Muncesc mult. Și tu?

— Sunt bine.

— Mă bucur.

Ce să-i mai spun despre mine? Și cum să-l fac să vorbească?

— Judith? Ce mai face?

— Cum o știi.

— Există vreun bărbat în viața ei?

La o asemenea întrebare ar trebui să reacționeze.

— Există mai mulți, a oftat el.

Proastă alegere.

— Și Abby, și Jack? Sunt bine?

Acum eram sigură că nu dau greș. Pentru prima oară, mi-a evitat privirea. S-a scărpinat în barbă, s-a agitat ușor și și-a scos pachetul de țigări din buzunar.

— Ce se întâmplă, Edward?

— Jack e bine...

— Și Abby?

— Mă întorc.

A ieșit și și-a aprins o țigară. Am luat și eu una și m-am alăturat lui.

— Nici tu nu te-ai lăsat, a observat cu un rictus pe buze.

— N-am avut niciun motiv s-o fac... dar nu despre consumul nostru de tabac vorbeam.

M-am așezat în fața lui.

— Edward, uită-te la mine.

M-a ascultat. Am înțeles că ceea ce voi auzi nu va fi plăcut.

— Abby? E bine, nu-i așa?

Contrariul era de neconceput, o revedeam pe bicicletă în ziua când am cunoscut-o, vioaie în ciuda vârstei.

— E bolnavă.

— Dar... se va face bine?

— Nu.

Mi-am dus mâna la gură. Abby era stâlpul acelei familii, atât de maternă, atât de binevoitoare, atât de generoasă. Îmi aminteam de ea din vremea când mă considera prea slabă și îmi băga în gură aproape cu forța bucăți de *carrot cake*. Puteam să-i simt încă ultima îmbrățișare când îmi luasem rămas-bun și ea îmi răspunsese: „Trimite-ne vești despre tine“. Fără să-mi fi dat seama pe moment, Abby avusese un impact considerabil asupra începerii vindecării mele și eu o lăsasem uitării.

Încercam să-mi recapăt stăpânirea de sine când l-am văzut pe Olivier lângă noi. Edward mi-a remarcat lipsa de atenție și s-a întors. Și-au strâns mâinile, și Olivier m-a sărutat discret pe buze.

— E în regulă? m-a întrebat.

— Nu tocmai. Edward mi-a dat o veste foarte proastă, Abby nu se simte deloc bine.

— Îmi pare rău, i-a spus el lui Edward. Atunci, vă las, e mai bine să vorbiți între patru ochi.

M-a mângâiat pe obraz și s-a dus în cafenea după Félix. L-am urmărit din priviri, apoi m-am întors înspre Edward, care se uita fix la mine. Stomacul mi se strânsese, am ridicat ochii la cer respirând înainte să pot să mă adresez din nou lui:

— Spune-mi mai multe, te rog...

A dat din cap și a rămas tăcut.

— Nu este posibil... nu pot să cred ce mi-ai...

— Va fi fericită să știe că îți merge bine. Nu a încetat niciodată să-și facă griji pentru tine.

— Aș vrea să fac ceva... aș putea să am vești despre ea?

Mi-a adresat o privire circumspectă.

— Îi voi spune că te-am văzut, va fi de ajuns.

S-a uitat la ceas. Trebuie să plec.

A lăsat ușa deschisă cât timp și-a luat geanta și i-a salutat pe Félix și pe Olivier. Când s-a întors, m-am năpustit spre el:

— Am o întrebare să-ți pun înainte să pleci.

— Te ascult.

— Nu are nicio legătură cu Abby, dar trebuie să știu. Am încercat să te sun de două ori acum câteva luni, ți-am lăsat chiar și un mesaj. L-ai primit?

Și-a aprins o altă țigară și m-a privit drept în ochi.

— Da.

— Și de ce nu ai...

— Diane, de mult timp nu mai este loc pentru tine în viața mea...

Mi-a lăsat mai puțin de cinci secunde ca să încasez lovitura.

— Olivier pare a fi de treabă. Ai făcut bine că ți-ai refăcut viața.

— Nu știu ce să-ți spun...

— Atunci, nu spune nimic.

Am făcut un pas spre el, dar m-am răzgândit în ultimul moment.

— La revedere, Diane.

Fără să-mi lase timp să-i răspund, s-a răsucit pe călcâie. Nu l-am slăbit din ochi până când nu a dispărut pe stradă. Luptam împotriva lacrimilor. O imagine utopică își făcea loc în amintirile mele. Când mă gândeam la Mulranny, nimic nu se schimbase: Abby veselă, Jack solid, Edward singur, cu câinele și fotografiile lui. Cum putusem să-mi închipui că viața nu va continua fără mine? Eram chiar atât de egocentrică? Dar viața aceasta cu Abby bolnavă și condamnată era inacceptabilă. Îmi venea să plâng pentru ea, pentru durerea și pierderea ei, pentru Edward care nu mai era cu adevărat același, fiindcă înțelegeam că Irlanda mea nu mai exista. Ca și cum, până atunci, aș fi nutrit o speranță de frumoase reîntâlniri, de vești bune...

Se sfârșise. De acum încolo îl aveam pe Olivier, și Edward avea o femeie în viața lui. Fiecare în parte, întorsesem pagina. Dar Abby... cum să nu mă gândesc la ea?

Cinci

Escapada noastră de îndrăgostiți pica la țanc. Fără să știe, Olivier aranjase bine lucrurile hotărând să mă ducă în golfuri: soarele, căldura, accentul cântat, vinul rece și costumul meu de baie puneau lucrurile la locul lor.

Acele patru zile au fost o paranteză fermecată în care nu am putut decât să mă atașez și mai mult de el. Îmi anticipa toate poftele, fiecare act al lui, fiecare gest era blând, fiecare vorbă delicată. Nu voia decât să mă odihnesc, chiar dacă ne-am asumat riscul unei explorări neînfrânate a regiunii. Am redescoperit sensul cuvântului „vacanță" datorită lungilor sieste pe care mi le acordam, băilor, cinelor la restaurant. Ne permiteam să nu facem nimic, stăteam împreună, ne era bine. Aproape că am uitat de cafenea.

Urma să plecăm a doua zi. Luam micul dejun pe terasă când gândul mi-a zburat și m-am întrebat dacă Félix se descurca.

— La ce te gândești, Diane?

— La Félix, i-am răspuns râzând.

— Îți faci griji?

— Un pic...

— Sună-l.

— Nu, pot să mai aștept douăzeci și patru de ore.

— Meriți deja felicitările juriului pentru că nu te-ai gândit la el decât acum! Mă așteptam să se întâmple mai devreme. Nu te jena de mine.

— Mulțumesc! Am să-l sun de pe plajă, asta îl va face să turbeze!

Olivier a izbucnit în râs.

— Nu te știam sadică.

— Îi place la nebunie, nu pot să fac nimic în privința asta... Să mai bem un pahar!

O oră mai târziu mă prăjeam la soare în timp ce Olivier era în apă. Ca și în celelalte două zile, avusese grijă să ne ascundem după niște stânci inaccesibile copiilor, nu riscam un atac de panică. Îmi simțeam pielea încălzindu-se, îmi plăcea asta și îmi plăcea mai ales bronzul care îmi dădea o mină strălucitoare; nu mai cunoscusem senzația de la ultima vacanță în familie. Și un lucru anume mă făcea deosebit de fericită: absența vinovăției. Să facem loc bucuriei!

— Oamenii fericiți nu mișcă nimic în luna iulie, ascult!

Era multă vreme de când nu mai schimbasem formulele cafenelei...

— Félix, dacă m-ai vedea! Sunt aurie ca un cartof prăjit, ușor afumată datorită unui vinișor provensal foarte rece și în curând mă duc să înot cu iubitul meu.

— Cine este această necunoscută care îmi vorbește?

— Unica, singura, patroana ta!

— Vasăzică, te distrezi de minune?

— Da. Și la tine, cafeneaua este încă în picioare?

— Am evitat incendiul, inundația și jaful, deci putem spune că mă descurc.

— În concluzie, e timpul să mă întorc. De mâine seară, fac turul locurilor.

— Profită până la capăt. E plăcut să te aud vorbind așa.

— Asta și intenționez.

— Mi-era teamă că după venirea celuilalt tip și, mai ales, după vestea despre Abby, vei avea o recădere.

— Totul merge bine. Te las, Olivier îmi face semn.

Am închis și am băgat telefonul în geantă. Mă stăpâneam să nu mă supăr pe Félix pentru ultima lui remarcă. Făcusem totul să uit de Abby și să profit de Olivier. Trebuia să continui. Am respirat adânc, mi-am dat jos ochelarii de soare și am pornit spre apă. Am înotat până la el și m-am agățat de umerii lui, el mi-a zâmbit și m-a sărutat pe brațul cu care îi înconjuram gâtul.

— E totul bine? m-a întrebat.

— Să nu vorbim despre Paris.

Ultima noapte la hotel; tocmai făcuserăm dragoste, tandru, ca întotdeauna, și mi-era frică. Frică să nu pierd ceva după această mică vacanță, frică să nu pierd pacea, pur și simplu. Olivier era la spatele meu și mă strângea la piept. I-am mângâiat distrată brațul și m-am uitat pe fereastra pe care o lăsaserăm deschisă.

— Diane, ești cu gândul aiurea de câteva ore...

— Ți se pare.

— E vreo problemă cu cafeneaua, cu Félix?

— Absolut niciuna.

— Spune-mi ce te frământă.

Să se oprească! Să tacă! De ce era atât de atent, atât de perspicace? Nu voiam să fie el cel care sparge balonul care ne înconjura.

— Nimic, te asigur.

A oftat și m-a sărutat pe gât.

— Minți foarte prost. Îți faci griji pentru femeia aceea, proprietăreasa din Irlanda?

— Începi să mă cunoști foarte bine... E adevărat, mă gândesc la ea, nu-mi vine să cred. Tot ce a făcut ca să mă ajute, îmi dau seama astăzi... Și să mă gândesc că poate să... Nu, este imposibil. Aș vrea să fac ceva, dar ce?

— Dă-i un telefon, ar fi un bun început.

— Nu știu dacă sunt în stare.

— Vei avea nevoie de curaj, dar tu ești mult mai puternică decât crezi. Când te-am cunoscut, ți-am simțit fragilitatea, dar ai resurse, enorm de multe resurse. Vei reuși.

— Am să mă gândesc la asta.

M-am întors spre el și l-am îmbrățișat. Aveam nevoie să îl simt lângă mine, să mă agăț de el, refuzam să mă gândesc la posibilele urmări ale acestui apel.

Mi-a trebuit mai mult de o lună ca să mă hotărăsc și să găsesc un moment bun. Nu eram niciodată singură. La cafenea, Félix era mereu pe urmele mele; în restul timpului eram cu Olivier și nu mă vedeam telefonându-i lui Abby cu el lângă mine. De fapt, amânam momentul, într-atâta mă temeam de ceea ce riscam să descopăr. Am profitat de concediul lui Félix, la sfârșitul lui august, ca să-mi iau inima-n dinți.

— Alo? Deși vocea îi era marcată de oboseală, am recunoscut-o pe Abby și asta m-a făcut să nu mai fiu în stare să vorbesc. Alo!... Cine e?

— Abby... eu sunt...

— Diane? E chiar adevărat?

— Da. Iartă-mă că nu...

— Taci, scumpa mea. Sunt așa de fericită să te aud. Când ne-a spus Edward că te-a văzut...

— V-a povestit?

— Și cu câtă fericire! Ne-a spus că îți merge bine, că ai găsit pe cineva! E grozav!

Cel puțin lucrurile erau clare.

— Mulțumesc... și tu, ce faci?

— În plină formă!

— Abby, am obiectat. Edward nu a intrat în detalii, dar mi-a spus...

— Ar merita o lecție pentru asta, n-ar fi trebuit să te supere...

Era ca și cum nu ne-am fi văzut din ajun.

— A avut dreptate. Ce-ai pățit?

— Ei, știi tu, inima unei bătrâne obosite...

— Tu nu ești bătrână!

— Ești drăguță, Diane. Nu te întrista, asta-i viața... E plăcut să te-aud, îmi lipsești mult.

— Și tu mie, Abby.

— O, dacă mi-aș asculta inima, ți-aș cere ceva.

— Orice vrei!

— Vino să ne vizitezi.

Să mă întorc în Irlanda, la Mulranny... nu mă gândisem niciodată.

— Oh... nu știu...

— Mi-ar plăcea atât de mult să vă am pe toți lângă mine încă o dată. Și-apoi, Judith ar fi nebună de bucurie. Tu ești singura ei prietenă adevărată.

Abby știa s-o facă pe sentimentala când îi convenea... ar fi trebuit să-mi amintesc!

Clopoțelul a sunat: Olivier venea să m-ajute să închid.

— Nu-ți promit nimic, am să văd ce pot să fac.

— Să nu întârzii mult, scumpa mea.

— Nu spune asta. Am întâlnit privirea lui Olivier, care înțelesese prea bine cu cine vorbeam și mi-a zâmbit drăgăstos. Te... te sun curând.

— Mulțumesc, Diane, pentru telefon. Pe foarte curând. Te sărut.

— Și eu, Abby, și eu.

Am lăsat telefonul pe bar și m-am refugiat în brațele lui Olivier. Nu mi-a trebuit mai mult de un minut ca să încep să plâng. Aș fi vrut să fiu acolo cu ea, în salonul ei, lângă foc, să-i spun și să-i repet că se va face bine. Cum puteam să plec pe neașteptate în Irlanda? Și cafeneaua? Olivier? Félix?

— E chiar așa de rău?

— Vorbește ca și cum ar fi deja sfârșitul.

— Îmi pare rău, Diane...

— O să trebuiască să-i refuz o favoare și asta mă îmbolnăvește.

— Ce favoare?

— Mai întâi închidem și pe urmă vorbim.

— Cum vrei. Trebuia să mă gândesc bine înainte să îi explic. Am închis cafeneaua cât ai clipi. Olivier s-a dus să ia falafel[3] pentru cină. În timp ce mâncam, am reușit să îi vorbesc despre cererea lui Abby, la care nu încetam să mă gândesc.

— Ți-e teamă să nu fie prea greu pentru tine?

— Nu, nu la mine mă gândesc, Abby este de compătimit.

— Atunci de ce nu vrei să te duci?

— Cafeneaua...

— Félix s-a descurcat când am fost plecați.

Refuzam să cred că era cu putință.

---

[3] Chifteluțe de năut servite în lipie, alături de diverse salate. (*N.t.*)

— Și tu? Nu vreau să te las... Ai vrea să vii cu mine?

— Nu, Diane. Din mai multe motive. Nu îmi pot permite să-mi mai iau zile de concediu și chiar dacă aș putea, sunt prietenii tăi, n-aș vrea să te împiedic să te bucuri de ei venind și eu cu tine. Nu e locul meu acolo. Și-apoi, îl voi ajuta pe Félix, dacă asta te liniștește. Am respirat adânc, atât eram de speriată de ceea ce era în joc. Mi-a luat fața în mâini și m-a privit în ochi. Singura mea condiție este ca tu să fii sigură de tine. Vrei să te întorci în Irlanda? Simți nevoia să te duci acolo?

— Da, am mărturisit.

Încă o dată am profitat de Wi-Fi-ul de la cafenea și mi-am rezervat biletul de avion și mașina de închiriat în timp ce munceam. Abby refuza categoric să iau o cameră la hotel, voi sta la ei. L-am anunțat pe Félix de lipsa mea printr-un SMS, fără să-i spun unde plecam. Chiar dacă Olivier îmi respectase alegerea, cu prietenul meu cel mai bun altfel stăteau lucrurile. Totuși, nu aveam timp de pierdut. Zborul meu către Dublin era la trei zile după întoarcerea lui din concediu.

În prima lui dimineață de lucru, eram încordată ca un arc. L-am lăsat să-mi povestească cum a fost în vacanță înainte să lansez bomba. Mi-a luat-o înainte.

— E dragostea atât de mare că vreți să plecați ca să vă închideți într-o cameră de hotel pentru mai multe zile? O să-mi povestești?

— De fapt... nu plec cu Olivier.

— A, bun! Atunci, ce faci?

— Mă duc în vizită la Abby.

— Poftim? Te lansezi într-o carieră de comediană, așa-i?

— Nu.
— Te-ai țicnit de-a binelea?
— Nu-ți cer permisiunea. Să știi că i-am propus lui Olivier să vină cu mine și a refuzat.
— Dacă ar ști că te-ai jucat cu Edward, ar veni! Trimite mielul în gura lupului. Îl credeam mai inteligent de atât.
— Te înșeli.

Félix a fost rece cu mine până la plecare. Cu toate acestea, în momentul în care mi-am luat la revedere, i-am simțit întreaga neliniște.
— Îl iubești pe Olivier? Vreau să zic, îl iubești cu adevărat?
— Cred, da... în sfârșit, sunt îndrăgostită de el...
— I-ai spus?
— Nu, nu încă.
— În cazul ăsta, ai grijă de tine în Irlanda.
— Félix, mă întorc în mai puțin de-o săptămână, nu văd ce poate să mi se întâmple.

Olivier m-a însoțit la aeroport, deși îi spusesem că nu era nevoie. Și știam deja că mă va aștepta când voi coborî din avion la întoarcere. M-a scutit de sfaturi de securitate. Eram tristă la gândul că nu-l voi vedea o săptămână — dovadă că Félix se înșela. Am rămas în brațele lui până în ultimul minut.
— Te sun cât de curând, i-am spus între două sărutări.
— Totul va fi bine, sunt sigur.
L-am mai îmbrățișat o dată și m-am îndreptat spre poarta de îmbarcare.

Era ciudat. De când picioarele mele regăsiseră solul irlandez, aveam impresia că sunt acasă, ca și cum m-aș fi întors în casa mea după o lungă absență. Nu eram pregătită pentru o asemenea stare de bine. Crezusem că mă voi simți rău, tristă, îngrijorată, bântuită de amintiri. Dimpotrivă. Fiecare pas, fiecare kilometru parcurs era natural și mă apropia de un acasă. Corpul și spiritul meu păstraseră o memorie vie a acestui traseu.

În apropiere de Mulranny am încetinit. Un ultim deal și a apărut golful. Imaginea m-a emoționat atât de tare că m-am oprit pe un drum lateral pentru pietoni. O rafală de vânt m-a ciufulit imediat ce am deschis portiera și am izbucnit în râs. Am încremenit admirând acest peisaj care fusese întregul meu univers atâtea luni. Dumnezeule! Ce mult îmi lipsise! În depărtare, zăream casa mea și pe cea a lui Edward. Mi se făcuse pielea ca de găină, am ridicat ochii spre cer și am respirat din toți plămânii aerul acela pur și iodat. Au apărut primele lacrimi cauzate de vânt, iubeam aceste lacrimi, ca și cum ele mi-ar fi spălat ochii, obrajii. Momentele întunecate rămăseseră în urmă, nu mă gândeam decât la clipele magice petrecute în acest loc. Călătoria aceasta era șansa de a face pace cu o perioadă din viața mea.

Când am ajuns în sat, am fost surprinsă de absența schimbării, totul era ca în amintirea mea: băcănia, stația de benzină și pubul. Eram gata să mă opresc ca să-mi fac cumpărăturile și să dau o fugă până la pub să beau o bere. În schimb, să mă apropii de plajă mi se părea prematur, aveam tot timpul s-o fac. Așa că m-am îndreptat spre casa lui Abby și Jack. Nu oprisem încă motorul mașinii când s-a deschis ușa și au apărut ei. Zâmbeam, râdeam și plângeam în același timp. Am alergat spre ei, nevrând s-o obosesc pe Abby. Jack i-a luat-o înainte și, spre marea mea surpriză, m-a cuprins în brațele lui colosale.

— Micuța noastră franțuzoaică este în sfârșit aici!

— Jack... mulțumesc.

— Eu sunt muribunda, lasă-mi-o!

Privirea lui Jack mi-a spus să nu reacționez la umorul soției lui. Mi-a dat drumul și am văzut-o mai de aproape. Era mai mică decât în amintirea mea și slăbise. Ghiceam că se străduise să ascundă semnele bolii: fond de ten, anticearcăn, fard de obraz. Ochii îi rămâneau malițioși și încă plini de viață. M-a îmbrățișat la rândul ei.

— Cât mă bucur că ai venit! De mai mult de un an aștept întoarcerea ta.

Mi-am interzis să-i răspund: „Și eu".

O oră mai târziu, după ce îmi golisem geamantanul și îmi aranjasem lucrurile într-o comodă din camera mea, eram în bucătărie cu ea și pregăteam cina. Acolo am observat primele semne ale oboselii, căci nu mi-a refuzat ajutorul, contrar a ceea ce ar fi făcut cu un an înainte. Jack trecea din bucătărie în salon, cu berea în mână. Abby, stând pe un scaun, mă asalta cu întrebări în legătură cu viața mea din Paris, cu Félix, căruia îi păstra o amintire frumoasă, și cu Olivier. Încă nu-mi venea să cred că Edward vorbise despre el: într-adevăr se schimbase! Mi-am dat frâu liber curiozității:

— Există cineva în viața lui acum?

Abby a zâmbit ușor.

— Da... cineva care își face loc.

Un vânt de panică m-a invadat.

— Abby, să nu-mi spui că este...

Râsul ei m-a întrerupt.

— Ea nu s-a mai întors niciodată. Liniștește-te... sosirea acestei persoane ne bucură viețile, vei vedea. Vrând-nevrând vă veți întâlni.

Mulțumesc, Doamne! Din fericire, îl aveam pe Olivier, căci dacă aș fi fost încă singură, cu greu aș fi suportat să-l văd pe Edward cu alta, mai ales dacă, așa cum înțelegeam, era o fată simpatică pe care toată lumea o aprecia.

La cină am aflat vești despre locuitorii despre care îmi aminteam. Și, de fapt, îmi aminteam de toată lumea. Abby mi-a spus că Judith va veni în weekend și că este în mare formă. Voi trece printr-un moment greu! M-am ocupat de vase și le-am interzis să facă ceva. Voiam să se odihnească în timpul șederii mele, era cel mai mic lucru pe care puteam să-l fac pentru ei. Aici cunoșteam totul, eram ca la niște bunici la care mi-aș fi petrecut toate vacanțele în copilărie. După ce totul a fost pus în ordine, am ieșit să fumez o țigară și m-am așezat pe peron. Departe, auzeam marea și valurile. Eram așa de relaxată, respiram adânc, corpul îmi era ca o gumă de mestecat. Jack mi s-a alăturat câteva minute mai târziu, cu un trabuc.

— Abby s-a dus la culcare, mi-a spus el.

— Sper că n-am obosit-o prea tare.

— Cu tot ce faci, nu există riscul ăsta! Nu puteai să-i faci un cadou mai frumos. I-a fost greu să-și revină după plecarea ta.

— Îmi pare rău...

— Să nu-ți pară, așa este ea, vrea să păstreze pe toată lumea aproape, în permanență, ca și cum ați fi niște copii. Tot ce sper este că nu te-ai sacrificat să vii pentru ea.

— Absolut deloc... aveam câteva temeri, pot să-ți mărturisesc... dar de când sunt aici știu că este cea mai bună hotărâre pe care am luat-o.

Era cald sub plapumă, în patul meu cel special și uriaș. Tocmai vorbisem cu Olivier, îmi făcuse bine să vorbesc cu el și să am un contact cu realitatea mea pariziană. Eram mai atașată de această țară decât voiam să recunosc. Mă pregăteam să sting veioza când s-au auzit niște bătăi în ușă. Am fost uluită s-o descopăr pe Abby, în capot.

— Credeam că dormi...

— Am insomnii... și voiam să știu dacă te-ai instalat bine.

— Nici măcar nu a fost greu.

S-a apropiat de pat, s-a așezat lângă mine și mi-a luat mâinile.

— Radiezi, Diane.

— Mulțumesc.

— Vom recupera timpul pierdut.

— Da.

— Dacă ai ști cât sunt de fericită că te am lângă mine câteva zile... Cea de-a doua fiică a mea acasă...

Emoția m-a amuțit.

— Culcă-te.

Ea s-a ridicat, eu m-am întins la loc. S-a aplecat și m-a sărutat pe frunte.

— Somn ușor, fetița mea.

Am adormit liniștită.

A doua zi după-amiază, Abby a vrut să mergem amândouă să ne plimbăm pe plajă. Ca să nu obosească prea tare, Jack ne-a dus cu mașina până în apropiere. Mergeam la braț, cu pași mici. Mâna lui Abby îmi potolea tremurăturile; nu vedeam decât casa mea. Crezusem că voi muri de supărare în casa aceea. Dar acei patru pereți contribuiseră și ei la devenirea a ceea ce eram astăzi.

— Nu mai locuiește nimeni acolo de când ai plecat.

— De ce?

— E a ta... Am luat cheile, vrei să intri?

— Nu, nu vreau să răscolesc totul.

— Înțeleg.

Ne-am continuat plimbarea pe plajă, deși au căzut câteva picături de ploaie. Dar aveam încredere în flerul meteorologic al lui Jack, care ne asigurase că nu va ploua mai repede de câteva ore. Îmi plăcea această plajă, marea de un albastru amenințător, vântul care abia dacă se mai potolea un pic. În locul ăsta, îi plânsesem pe Colin și pe Clara, râsesem, îl descoperisem pe adevăratul Edward, o întâlnisem pe Judith. Și mă tăvălisem în nisip.

— Edward mai are câinele?

— Mai nebun ca niciodată. Poftim, uite-l că vine!

Abby mi-a dat drumul și a făcut câțiva pași înapoi râzând. Să aud lătratul acela m-a umplut de bucurie și de nerăbdare. Cât timp petrecusem împreună cu Postman Pat! Venea alergând. M-am bătut pe genunchi ca să-l chem, ca înainte, a sărit pe mine și m-a răsturnat.

— Ce mai faci, dragul meu? l-am întrebat în timp ce el mă lingea pe față.

— Te-a recunoscut, mi-a zis Abby.

— Este incredibil! Am reușit să mă ridic de jos și i-am aruncat un băț departe, întrebându-mă în legătură cu absența stăpânului său.

— Acum Edward îl lasă liber?

— Nu, trebuie să fie cu Declan.

— Cine e Declan?

Abby n-a avut timp să-mi răspundă; o voce subțire îl striga cât putea în spatele meu. M-am întors și am tresărit când am văzut un băiețel care alerga înspre noi, mai precis înspre Abby. S-a aruncat pe ea și s-a lipit de burta ei. Mi s-a pus un nod în stomac, prezența acestui copil întuneca regăsirea mea cu plaja și trezea prea multe întrebări pentru liniștea mea sufletească.

— Abby!

— Da, Diane?

— Al cui este copilul ăsta?

Ea a părut stânjenită, ceea ce i se întâmpla rareori și asta m-a neliniștit și mai mult.

— Spune-mi, al cui este?

— Al meu, a spus Edward la spatele meu.

M-am răsucit pe călcâie. Era la mai puțin de un metru și mă privea drept în ochi. M-am uitat pe rând la copil și la el. Asemănarea era frapantă. Acest băiețel, despre care se ghicea deja că va fi un bărbat solid la maturitate, era o copie redusă a lui Edward: părul blond ciufulit, trăsăturile dure și aspre, dar, în plus, cu un zâmbet. Doar că acest copil avea cel puțin cinci ani... Calculele mele au fost întrerupte de o mânuță care mă trăgea de palton.

— Cum te cheamă?

Incapabilă să-i răspund, mă uitam fix la el; aceiași ochi întrebători ca ai...

— Declan, îți prezint o prietenă a familiei, este Diane, i-a răspuns Abby. O să-l lăsăm pe tati să vorbească cu ea, bine? El a ridicat din umeri, indiferent. Edward, veniți amândoi la masă la noi, a propus. Îl iau pe Declan cu mine.

— Nici nu se pune problema să te întorci pe jos, te duc cu mașina.

— Nu cred că fiul tău are nevoie să vă audă discuția.

— Vă duc pe voi și după aceea mă întorc la Diane.

Eu n-aveam niciun cuvânt de spus. Ca în vremurile bune! Edward a fluierat după câine, i-a făcut semn băiatului să-l urmeze, fără să-i spună un cuvânt și a pornit către mașina parcată în fața casei sale. Abby a venit la mine.

— Mă ajuți să merg? m-a întrebat luându-mă de braț.

Eu am fost cea care s-a agățat de ea, mai degrabă decât invers. Mi-am privit picioarele, incapabilă să mă uit în față și să asist la această scenă de familie: Edward plecând împreună cu fiul și câinele lui.

— Nu fi prea dură cu el, scumpa mea, mi-a spus ea înainte să urce în mașină.

Edward s-a apropiat, eu m-am dat înapoi fulgerându-l cu privirea.

— Vrei să aștepți la mine acasă?

— Și pe urmă mai ce?

— Nu începe...

I-am recunoscut tonul tăios. Mă cuprindea furia, dar m-am reținut din respect pentru Abby. I-am întors spatele și am plecat spre plajă.

Timp de un sfert de oră m-am învârtit, am aruncat pietre în apă din toate puterile și am fumat țigară după țigară. Vasăzică, era tată! Dacă exista ceva imposibil, asta era! Că își găsise o altă femeie era absolut normal, ea ar fi putut chiar să aibă și copii! Dar să aibă un fiu al lui, a cărui origine nu putea s-o nege! Ba mai mult, un copil de vârsta asta! De ce trebuia să mă pună întotdeauna la încercare?

Scrâșnetul pneurilor m-a anunțat că se întorsese. M-am îmbățoșat și mai tare și am explodat când a fost lângă mine:

— Cum ai putut să-mi ascunzi așa ceva? Ai un fiu de cel puțin cinci ani! Și nu mi-ai spus nimic? Asta-i filosofia ta, să minți și să ascunzi esențialul vieții tale? Îmi ascunseseși deja existența iubitei! Și acum, fiul...

— Taci! Cu ce drept îmi pui întrebările astea? Ai plecat! N-ai trimis niciodată vești! Ți-ai refăcut viața!

Atacul m-a făcut să dau înapoi. Mi-a întors spatele și a aprins o țigară. M-am simțit rău, ora reproșurilor sunase pentru mine. Avea dreptate, îl părăsisem atunci când era gata să facă atâtea lucruri pentru mine. Cu toate acestea, nu puteam să mă opresc, aveam nevoie de răspunsuri.

— Știai de existența lui când eram eu aici?

— Cum poți să-ți închipui un lucru atât de mârșav? mi-a răspuns întorcându-se spre mine cu privirea întunecată.

— Să nu crezi că scapi așa ușor. Nu voi aștepta să vină Judith ca să aflu explicații despre viața ta. S-a sfârșit epoca aia. Ori dai cărțile pe față și-mi explici de unde vine...

— Ori, ce?

— Plec direct. Chiar din seara asta.

Nu-mi plăcea ce mă pregăteam să fac, dar nu aveam încotro. El rămânea tăcut. Dacă plec acum, Abby va fi cea care va suferi.

Și-a luat capul în mâini, și-a ciufulit părul și a privit marea.

— Am aflat de existența lui Declan acum ceva mai mult de șase luni. Și de patru luni locuiește aici.

A mers spre stânci și s-a așezat. L-am privit secunde lungi înainte să mă hotărăsc să mă duc lângă el. Părea să se simtă atât de rău, vedeam după felul cum trăgea din țigară. Dacă ar fi putut s-o mănânce, ar fi făcut-o. Oboseala pe care i-o remarcasem la revederea din Paris îi ieșea prin toți porii. Era mai mult de atât, era epuizare, o epuizare psihică. Era strivit de o greutate de care nu reușea să se descotorosească. Lucrurile se schimbaseră între noi, dar suferința lui îmi era de nesuportat și ceea ce îi ceream să facă destăinuindu-se era o încercare pentru el. M-a privit pieziș când m-am așezat lângă el. Mi-am ridicat gulerul paltonului și am așteptat să-și înceapă povestea.

Probabil Judith ți-a spus că după ce m-am despărțit de Megan am plecat să mă izolez pe insula Aran?

— Da.

— Ce n-a știut ea niciodată este că înainte să iau vaporul, m-am oprit la Galway. M-am îmbătat ca să uit. Din prima seară, am avut o tovarășă de beție, care nu știu ce voia să uite. Poți să-ți închipui ușor cum s-a sfârșit... Asta a ținut trei zile... nu coboram din pat decât ca să ne refacem nivelul de alcool. Într-o dimineață, când am deschis ochii, mi-am amintit că aveam un câine în mașină. Bietul animal... mi-am dat seama ce eram pe cale să devin: un tip care bea și se culcă cu cine se nimerește ca să se răzbune pe fosta... Eram patetic și asta nu-mi stătea în fire. M-am îmbarcat pe vapor fără să îmi iau la revedere, m-am izolat de lume timp de două luni pe insula Aran și am uitat de fata aceea. Abia dacă îmi mai aminteam numele ei. Dar ea nu a avut posibilitatea să mă uite.

S-a întrerupt ca să-și aprindă o țigară. El și simțul lui de responsabilitate primiseră o lovitură.

— Locuiți împreună?

Mi-a adresat un zâmbet trist.

— Ea a murit.

Sângele mi-a înghețat în vene. Mi-a părut rău pentru băiețelul acela.

— Cum ai aflat de el? Câți ani are?

— Are șase ani... După plecarea ta, am muncit mult ca să... în fine. Numele meu începea să apară în stânga și-n dreapta. Mi s-a cerut să ilustrez o regată la Galway. Într-o zi, când am coborât de pe vapor, mă aștepta pe ponton. Mă căuta de mai multe luni. Mi-a fost greu s-o recunosc, nu din cauza amintirilor mele învăluite în ceață, ci pentru că se schimbase, era doar piele și os și răvășită de oboseală. A insistat să bem un pahar împreună. Nu a luat-o pe ocolite și m-a anunțat că era condamnată. M-am întristat pentru ea, dar nu prea vedeam ce puteam să fac. Mi-a băgat sub nas o fotografie a lui Declan. Dacă n-ar fi fost bolnavă, nu aș fi aflat niciodată că am un fiu. L-a crescut singură, fără să ceară nimănui nimic... Când m-ai sunat, tocmai aflasem rezultatele testului de paternitate și mă pregăteam să-mi fac bagajul ca să mă mut la Galway, să-i fiu alături până la capăt.

S-a ridicat și s-a dus până aproape de mare. Eram înfrigurată, nu pentru că scăzuse temperatura, ci din cauza a ceea ce tocmai auzisem. Viața îi dăduse un fiu orfan de mamă pe care nu îl dorise, iar mie viața îmi luase fiica, rațiunea mea de a fi. Clara avea vârsta lui Declan când a plecat. Cu toate acestea eram departe de a fi invidioasă. Cum o să iasă din asta? El, singuraticul marcat de moartea mamei și de abandonul tatălui?

— Diane, ar trebui să mergem. Jack și Abby cinează devreme.

Am rămas zece pași în urma lui cât timp am mers până la mașină. Inima mi-a tresărit când am urcat în Range Rover. Pe lângă diversele resturi pe care le lăsa Edward, acum mai erau și cele ale unui copil. Altă diferență, mașina mirosea mai puțin a tutun ca înainte. Traseul a fost foarte rapid, încă mergea la fel de repede. După ce a oprit mașina și a scos cheile din contact, Edward s-a înfundat pe scaunul lui, a închis ochii și a oftat.

— Edward... eu...

— Nu spune nimic, te rog.

A ieșit din mașină, eu am făcut la fel. Când am intrat în casa lui Abby și Jack, am fost întâmpinați de râsete de copil, ceea ce a făcut să-mi apară lacrimi în ochi. Am fost destul de discretă pentru ca nimeni să nu remarce. Edward s-a mulțumit să-și treacă mâna prin părul fiului său. Eu am preluat ștafeta de la Abby în bucătărie, asta mă ținea ocupată și departe de acest copil care mă privea mereu cu coada ochiului.

La masă, Abby stătea în capul mesei, Jack lângă mine și în fața noastră, Edward și fiul lui. Situația era absolut deplasată. Ce făceam eu acolo? Nu aveam de ales decât să mă confrunt cu această realitate. Și să-l ascult pe Declan, care nu înceta să vorbească. Problema a devenit mai gravă când m-a luat drept țintă:

— Unde locuiești, Diane? De ce ești aici?

Am ridicat nasul din farfurie și mi-am încrucișat privirea cu a lui Edward înainte s-o înfrunt pe cea a fiului său.

— Îi vizitez pe Abby și pe Jack și locuiesc la Paris.

— Acolo unde ai fost tu, tată?

M-am agățat de marginea mesei când l-am auzit rostind cuvântul „tată".

— Da, Declan, acolo am fost.

— Și l-ai văzut pe tata, Diane?

— Puțin.

— Deci sunteți prieteni?

L-am implorat din priviri pe Edward să răspundă.

— Diane este în primul rând prietena lui Judith. Acum, gata, mănâncă și nu mai vorbi.

Declan s-a încruntat, aruncându-i tatălui său o privire în care se amestecau teama și admirația.

La sfârșitul mesei, m-am grăbit să strâng. Numai că Declan, ca un băiețel bine-crescut, m-a ajutat. Nu voiam să fiu nepoliticoasă cu el, nu ceruse nimic și nu făcuse nimic rău, dar era peste puterile mele. Copiii sunt ca și câinii: cu cât vrei să îi vezi mai puțin, cu atât se lipesc mai mult de tine. Din fericire, Jack ni s-a alăturat.

— Ai făcut destule în seara asta, du-te să-ți fumezi țigara, mi-a zis făcându-mi cu ochiul.

— Mulțumesc.

Eram deja în antreu când am surprins o discuție între Abby și Edward. El avea o propunere de lucru peste două zile și pe nimeni care să-l ia pe Declan de la școală. Abby se afla în imposibilitatea de a o face, avea examene medicale toată ziua la vreo cincizeci de kilometri de Mulranny. Cu o blândețe pe care nu i-o cunoșteam, Edward a liniștit-o spunându-i că nu avea importanță. M-am îndepărtat gândind tocmai contrariul.

Fumându-mi țigara, am profitat ca să-l sun pe Olivier. Spre marea mea surpriză, dar și satisfacție, petrecea seara împreună cu Félix. După ce m-a liniștit în privința situației cafenelei, nu am putut să nu îi povestesc ceea ce aflasem peste zi, lucru care l-a îngrijorat.

— Cum te descurci?

— Nu este ușor, nu mă așteptam la asta.

Ca zgomot de fond, îl auzeam pe Félix presându-l cu întrebări pe Olivier, care până la urmă i-a spus. Félix a răcnit și a luat telefonul.

— E o glumă? Are un copil? Când mă gândesc că era gata să trăiască cu...

— Félix! am țipat în telefon ca să-l fac să tacă.

— Ups! În fine, a fost un ticălos cu mama!

— Nu știa, Félix, l-am apărat eu pe Edward, ceea ce m-a tulburat. Bun, acum dă-mi-l iar pe Olivier.

S-a executat bombănind, dar nu mi-a păsat.

— Totuși, ești mulțumită că te afli acolo?

— Da, sunt fericită, profit de compania lui Abby și a lui Jack, iar Judith vine curând, nu-ți face griji pentru mine.

— Îmi lipsești, Diane.

— Și tu mie...

Ușa de la intrare s-a deschis în spatele meu. Edward și fiul lui plecau acasă.

— Trebuie să te las, Olivier. Te sărut.

— Și eu pe tine.

Am închis. Edward mă privea cu fălcile strânse. Declan a venit direct la mine.

— O să ne mai vedem?

— Nu știu...

— Ar fi bine, ne-am juca cu Postman Pat.

— Declan, las-o în pace pe Diane și urcă în mașină!

— Dar...

— Niciun dar.

Tatăl și fiul s-au înfruntat. În ciuda durității lui, Edward părea total neajutorat.

— Ești rău, tată!

A alergat la mașină. Edward a oftat.

— Îmi pare rău dacă te-a supărat în seara asta.

— Absolut deloc, nu-ți face griji.

Spontaneitatea răspunsului meu m-a surprins. Se datora faptului că nu voiam ca Edward să se necăjească sau voiam să apăr copilul?

— Noapte bună, mi-a spus el.

— Și ție.

A avut un rictus ironic pe care nu l-am înțeles și s-a dus lângă fiul lui, care stătea bosumflat cu fața lipită de geam.

Când m-am culcat, puțin mai târziu, nu mai știam de mine. Eram mișcată de nefericirea lor. În ciuda tuturor barierelor ridicate în jurul meu, nu puteam să rămân indiferentă la situația lor. Acest băiețel își pierduse mama de atât de puțin timp și locuia de acum înainte cu un tată pe care nu îl cunoștea. Altă dată aș fi râs la ideea lui Edward ca tată; acum, râsul ar fi indecent. Edward probabil se străduia din răsputeri în încercarea de a se descurca, dar îi lipsea un model și trebuie să fi fost ros de vină. Am adormit cu gândul că nu puteam să fac nimic, dar că mi-ar fi fost greu să ignor această schimbare radicală.

Șase

A doua zi Abby a hotărât că eu trebuia să iau aer. După prânz, a cerut ca Jack și cum mine să profităm de siesta ei ca să mergem să ne plimbăm. N-a fost nevoie să simuleze oboseala, am găsit-o mai marcată după trezire.

— Pot să merg la plimbare și singură, i-am spus lui Jack.

— M-ar da pe ușă afară imediat ce te-ai întoarce cu spatele! Și am chef să-mi dezmorțesc picioarele împreună cu tine.

Trebuia să recunosc că și eu eram încântată de ideea de a petrece un moment împreună. S-a asigurat că Abby era bine instalată pentru după-amiază, cu tot ce-i trebuia la îndemână și a sărutat-o pe frunte înainte să-mi facă semn să-l urmez. Spre marea mea surpriză, am luat mașina. Jack a condus până în spatele șirului de case, unde s-a oprit. Voia să-mi arate o mică parte din Wild Atlantic Way — un drum care înconjura toată coasta vestică irlandeză. Când te gândești că în aproape un an nu-mi trecuse prin cap să merg mai departe de vârful nasului!

— Ține asta! A scos de undeva un impermeabil cu glugă. O să ne udăm bine! mi-a spus cu zâmbetul pe buze.

— Două zile fără ploaie: prea frumos ca să fie adevărat!

Am pornit la drum. Nu puteam să vorbesc, atât eram de uluită de frumusețea peisajului și a culorilor. Un an mai devreme nu văzusem decât verdele, când de fapt paleta curcubeului era omniprezentă: roșul întunecat al turbei presărat cu flori violete, negrul terifiant al munților în depărtare, albul oilor, albastrul profund și rece al mării, scânteierea soarelui pe valuri. Luam fiecare rafală de vânt ca pe un cadou. Chiar și ploaia, atunci când a venit, m-a făcut fericită. Mi-am pus gluga pe cap și am mers mai departe fără să mă gândesc să mă adăpostesc. Nu mai eram curca plouată de dinainte. Cu mâinile la spate, Jack se adaptase pasului meu – nu aveam picioarele lui mari. Nu căuta să deschidă vreo discuție. Simțeam că îi era pur și simplu bine, mulțumit să fie acolo cu mine. Din când în când, eram claxonați, îi saluta pe șoferi cu un gest al mâinii și cu un zâmbet larg.

— Al naibii șoc trebuie să fi avut ieri, a început după trei sferturi de oră de mers.

— Puțin spus...

— L-am certat pe Edward așa cum n-am mai făcut-o de multă vreme, pentru că a refuzat să te prevină înainte să sosești, la începutul săptămânii.

— De ce ai făcut asta?

— Nu voiam să te simți luată pe nepregătite. Mi-era teamă că vei pleca și Abby va suferi.

Într-adevăr, nu fusesem departe de o ciocnire violentă.

— În ciuda săpunelii, a persistat în prostia lui. Ce nătărău!

— Nu este o noutate! Dar totul e bine, te asigur.

— Orice ar face, până la urmă îl ierți, mi-a spus râzând.

Am râs ceva mai puțin decât el. Nu a mai adăugat nimic și ne-am întors.

O oră mai târziu, când am urcat în mașină, am încercat să-mi amintesc dacă mai mersesem vreodată în viața mea atât de mult pe jos; o drumeție de două ore nu era tocmai un lucru ce-mi stătea în obicei. Totuși, picioarele mă purtaseră și mă simțisem ușoară, într-o formă olimpică. M-am privit în oglinda retrovizoare; obrajii îmi erau roșii, ochii strălucitori, părul ud, dar respiram sănătate. Oamenii care trăiesc pe malul mării, chiar și în climatul irlandez, au o mină strălucitoare. Nu aveam decât să-l privesc pe Jack. Cu regimul ăsta, mă voi întoarce mai bronzată decât după weekendul în sud cu Olivier. Voiam să închei frumos acest moment.

— Ce-ai zice dacă am merge la pub să ne refacem puterile?

— Nimic nu ar putea să-mi facă mai multă plăcere!

Un sfert de oră mai târziu ne-am oprit în parcarea pubului. Jack a coborât fără să-și dea seama că eu nu mă mișcam. Priveam fațada; încă un loc care îmi trezea amintiri, încă un loc în care momentele bune le întreceau pe cele proaste. Jack mi-a bătut în geam, am deschis portiera și am ieșit din mașină.

— Nu simți chemarea berii?

— Ba da, dar e ciudat să mă aflu aici.

— N-o să-și creadă ochilor! Nimeni nu te-a uitat!

— Crezi că este un lucru bun?

Aici făcusem o criză împotriva lui Edward, băusem până nu mă mai ținusem pe picioare, fusesem gata să mă iau la bătaie cu o nemernică, dansasem pe bar... Pe scurt, nu arătasem întotdeauna o imagine strălucitoare.

— Când ai să accepți că aici ești la tine acasă, micuța mea franțuzoaică?

A împins ușa. Imediat ce s-a deschis, mirosul de bere și de lemn mi-a ajuns la nas, murmurul conversațiilor înăbușite mi-a amintit de liniștea pe care puteai s-o găsești în acest loc. Am înaintat, ascunsă de silueta lui Jack.

— Uite pe cine ți-am adus! i-a spus barmanului, nu tot atât de tânăr, dar același.

— Cred că visez!

A înconjurat barul și m-a sărutat afectuos de două ori ținându-mă de umeri. M-am simțit mică de tot între acești doi uriași de vârsta a treia!

— Așadar, nepotul tău s-a hotărât până la urmă să se ducă după ea! a răcnit întorcându-se la postul său.

— Diane a venit pentru Abby.

— Că prost mai sunt, bineînțeles!

Jack mi-a adresat o privire dezolată.

— E în regulă, l-am liniștit. Și-apoi nu greșește întru totul: dacă nu m-aș fi întâlnit cu Edward la Paris, cu siguranță nu aș fi aici!

A izbucnit în râs. Eu la fel. Întregul Mulranny asistase la diferitele etape ale relației mele cu Edward și fiecare avea părerea sa asupra chestiunii!

O halbă de Guiness a apărut sub ochii mei. I-am admirat culoarea, spuma densă și onctuoasă, aroma de cafea, ceremonialul de a o bea în doi timpi... Iată un an de când nu mai băusem așa ceva. Ultima oară fusese chiar aici. Viața se mișca în cerc. Înainte, berea Guiness îmi amintea de Colin, căruia nu-i plăcea decât această bere. De aceea venisem la Mulranny. Astăzi, nu mă mai gândeam la soțul meu când vedeam harpa aurie a mărcii Guiness, mă gândeam la Irlanda, la Jack care o bea în locul ceaiului de la ora 16, la Edward care îmi forțase mâna fără să știe că îmi va plăcea. Acea degustare fusese un șoc, realizasem că, din ignoranță, mă privasem de o plăcere deosebită. Halbele noastre s-au ciocnit, Jack mi-a făcut cu ochiul și m-a privit când am băut prima înghițitură.

— Ce bună este!

— Am reușit, i-a spus barmanului. E de-a noastră!

Ora care a urmat am petrecut-o vorbind cu unii și cu alții care mă recunoșteau. Veneau politicoși să afle vești despre mine; am vorbit despre ploaie, evident, dar și despre vara care fusese frumoasă, despre meciurile de rugby și de fotbal galic din weekendul viitor. Și apoi s-a făcut timpul să ne întoarcem la Abby. Seara, n-am rezistat mult timp după cină. Ziua aceea făcuse cât mai multe la un loc.

Abby și Jack au plecat devreme a doua zi la controalele medicale. Nu aveam chef să rămân singură în casa lor mare, așa că am hotărât să profit ca să plec în hoinăreală către Achill Island și să-mi continui descoperirea din ajun. Am luat-o, așadar, pe același drum ca și Jack și am trecut prin fața caselor. M-am abținut să privesc spre ele. Am trecut de-a lungul coastei, fascinată de violența peisajului, a elementelor. Dar n-am reușit să fiu total absorbită și copleșită. Am încercat să-mi controlez spiritul și gândurile... un eșec dureros. Până la urmă am frânat brusc chiar la mijlocul drumului.

Drăcia dracului! am urlat în mașină.

Am ieșit și am trântit portiera cât de tare am putut. Am aprins o țigară și am coborât spre mare de-a lungul câmpiei. Era timp frumos, cald, priveam valurile, aveam în fața mea o zi în care să-mi fac plinul de aer curat, ca în ajun, și nu mă gândeam decât la un lucru. Asta mă stupefia... Am alergat la mașină, am întors și am luat-o spre Mulranny cu piciorul pe accelerație și blestemându-mă pentru stupiditatea mea. Am oprit în fața casei și m-am dus să bat la ușă. Când m-a văzut, Edward nu a putut să-și ascundă îngrijorarea:

— E vreo problemă? Abby?

— Oferta ta pentru astăzi? Este importantă?

— Despre ce vorbești?

— Te-am auzit vorbind cu Abby alaltăieri seară. Răspunde-mi și fă-o repede, înainte să mă răzgândesc.

— Este importantă.

— La ce oră iese Declan de la școală?

— La 15:30.

— Mă ocup eu de el, tu du-te și vezi-ți de treabă. Îmi dai cheile de la casă?

— Intră două minute.

— Nu.

A scos cheile din buzunar și mi le-a dat. Pe mai târziu.

— Așteaptă, mi-a spus apucându-mă de braț.

Ne-am privit în ochi secunde lungi.

— Mulțumesc.

— N-ai pentru ce.

L-am fluierat pe Postman Pat și am plecat spre plajă cu el. Cinci minute mai târziu am auzit jeepul lui Edward demarând, nu m-am întors și am aruncat un băț câinelui.

Ora 15:30 venea prea repede. Sărisem peste masa de prânz, de teamă să nu vomit. M-am mulțumit să întredeschid ușa de la casa lui Edward ca să bag câinele; să amân întoarcerea în această casă. Am mers către școală fumând țigară de la țigară și făcându-mă în toate felurile.

Cum putusem să am o asemenea idee? Parcă nu mai suportam copiii, mă speriau, mă paralizau, îmi aminteau de Clara. Edward nu ceruse nimic, nu-i datoram nimic. De ce voisem să-l ajut, să-i fac un serviciu? Sigur, conta încă pentru mine, va conta întotdeauna, era un fapt incontestabil, dar de aici până la a pune în pericol liniștea mea interioară! Mă apucase deodată voyeurismul față de acel băiețel, față de relațiile lui cu tatăl, față de durerea și doliul lui — poate nu prea diferite de ale mele — el își pierduse mama, eu îmi pierdusem fiica? Am aruncat ultimul muc de țigară la câțiva metri de școală. Era o oroare; toate acele mame radioase, împingând landouri și așteptându-și copiii mai mari. Unele mă cunoșteau din vedere de pe vremea în care locuiam aici, dar stârneam aceeași curiozitate ca atunci; mă priveau, vorbind în șoaptă. Îmi venea să le spun: „Doamnelor, m-am întors!" Și apoi a sunat clopoțelul și ele au dispărut. O droaie de copii au ieșit din clase. Aș fi putut s-o văd pe Clara ieșind în fugă și râzând, doar că ea nu purta uniformă, ca micii irlandezi care se agitau de colo-colo și își căutau mamele din priviri. Amintirile erau chinuitoare, o auzeam strigându-mă: „Mami, ești aici!", o revedeam cu hainele în dezordine, părul ciufulit, pete de vopsea pe mâini și pe obraji, mirosul de transpirație de copil, ciripind...

— Diane, Diane, ești aici! Am fost trezită brusc din visare când Declan s-a lovit de mine. Mi-a spus învățătoarea că tu vii să mă iei, ce bine!

— Îmi dai ghiozdanul?

— Tata nu mi-l duce niciodată.

De ce nu mă miram prea tare?

— Eu ți-l duc. L-a desprins de pe umeri ca să mi-l dea. Ieșeam din curtea școlii când m-a luat de mână și le-a spus de la depărtare la revedere colegilor lui. Părea atât de mândru. Pe drumul spre casă nu spunea nimic, așteptând desigur ca asta să vină de la mine. Era responsabilitatea mea; el nu avea nicio legătură, mă băgasem singură în această situație. Trebuia să mi-o asum, puțin contau consecințele.

— Și cum a fost la școală?

Fața i-a radiat de fericire, a început să-mi povestească entuziasmat cum îi fusese ziua. Debitul verbal nu i-a scăzut nici când am ajuns acasă, și-a aruncat paltonul – era la fel de dezordonat ca tatăl lui – și a alergat în living. Continuând să vorbească, s-a jucat cu câinele. Nu m-a observat oprindu-mă în pragul camerei. Întoarcerea mea în această casă, în intimitatea lui Edward... În mai puțin de câteva secunde am constatat două schimbări majore: *exit* scrumierele debordând de mucuri și fotografia pe plajă a lui Megan. Totuși, era imposibil să ghicești că aici locuia un copil: nicio jucărie, nicio urmă de creion. Nu aveam nevoie de confirmare, dovada era flagrantă: Edward habar n-avea de ceea ce îi trebuia fiului său. Mi-a părut rău pentru ei doi. Mi-am scos geaca și am agățat-o în cuierul din antreu. Am trecut în spatele barului din bucătărie, bar unde îl văzusem de atâtea ori pe Edward.

— Declan, vrei o gustare?

— Daaa!

Fără prea multă convingere, am explorat dulapurile căutând gustarea ideală, gândindu-mă că poate m-am grăbit. Fusesem gură-spartă. Am putut să-i fac o ciocolată caldă și să-i dau niște biscuiți. L-am privit în timp ce mânca, luptându-mă împotriva suprapunerii imaginilor. Declan stătea pe scaunul de la barul din bucătăria tatălui său, Clara ar fi stat pe scaunul de la barul din cafenea.

Am încercat să mă liniștesc spunându-mi că asemănarea se oprea aici. Declan nu mai avea mamă, în timp ce Clara încă o avea pe a ei. Care îi dădea să mănânce unui alt copil, ce nu însemna nimic pentru ea.

— Vrei să mergem pe plajă? i-am propus.

— Cu Postman Pat?

— Bineînțeles. Ai teme?

S-a bosumflat.

— Le faci și mergem după aceea?

A dat din cap în semn de încuviințare. M-am dus să-i iau ghiozdanul înainte să mă instalez lângă el la bar. Era în clasa care corespundea cu cursul preparator de la noi, ar trebui să mă descurc. Clara nu a apucat să facă teme. M-am uitat pe caietul lui de texte: avea de descifrat o pagină de carte. Va trebui să mă străduiesc cu accentul. Am pus pagina între mine și el și a început lectura. Atenția și concentrarea lui m-au uimit; Clara nu ar fi fost așa de disciplinată. Când a terminat, în mod firesc i-am spus să se ducă să se schimbe înainte să plecăm. A sărit de pe scaun și m-a privit.

— Ai nevoie de ajutor?

— Nu.

— E vreo problemă?

A dat din cap și a dispărut pe scară.

Pe plajă m-am mulțumit să-l supraveghez de departe cum se juca împreună cu câinele. Nu încetam să mă întreb. De ce reușeam să mă ocup de acest copil fără să mă prăbușesc? Căutam oare să mă fac iertată, prin fiul lui, pentru că îl părăsisem pe Edward cu mai bine de un an în urmă? Poate eram în stare s-o fac pentru că voi pleca peste câteva zile și asta nu va avea nicio urmare asupra vieții mele? Puteam, așadar, să mă detașez de el.

Pentru că nu știam la ce oră se va întoarce Edward, când am ajuns acasă l-am trimis pe Declan să facă duș. A urcat la etaj fără să negocieze, fără să întrebe nimic. Am așteptat un sfert de oră înainte să urc și eu. Holul acesta, baia aceasta... Am bătut la ușă.

— Este totul bine?

— Cu tata, fac totul singur.

Era un mic bărbat care nu avea de ales decât să se descurce, fără să aștepte nimic de la nimeni.

— Îmi dai voie să mă duc în camera ta?

— Da.

Am zâmbit trist când am intrat. Edward încercase: erau jucării — un circuit de mașini, un tren, câteva jocuri Lego, animale de pluș puse grămadă pe patul nefăcut. Dar pereții erau reci, fără nicio decorațiune. Hainele îi erau aranjate pe jumătate într-o comodă cu sertarele întredeschise, restul încă în valize. Prezența unui fotoliu într-un colț al camerei m-a nedumerit. Declan și-a făcut intrarea, cu bluza de pijama îmbrăcată pe dos și părul încă ud.

— Nu te mișca, i-am zis.

M-am dus să iau un prosop de baie. Mă aștepta în mijlocul camerei, tot numai zâmbet și cu o ușoară timiditate în priviri. L-am șters energic pe cap, i-am pus pijamaua cum trebuie. Ochii lui frumoși au încercat să-mi transmită un mesaj, pe care am refuzat să caut să-l înțeleg.

— Acum ești perfect.

M-a luat de mijloc, și-a lipit fața de burta mea și m-a strâns cu putere. Respirația mi s-a tăiat, am privit aiurea și am rămas cu brațele moi pe lângă corp. Brusc, mi-a dat drumul și s-a dus râzând să se joace cu mașinile, spunându-și povești, însuflețit de o nouă bucurie de a trăi.

— Te las cinci minute, mă duc afară să fumez o țigară.

— Ca tata, mi-a răspuns nemaisinchisindu-se de mine.

Am coborât scara, am luat pachetul de țigări și am ieșit pe terasă. Fumând, l-am sunat pe Olivier.

— Mă bucur să te aud, i-am spus imediat ce a răspuns.

— Și eu, ești bine? Ai o voce ciudată.

— Nu, nu, te asigur, totul e bine. Nu avea rost să-l neliniștesc povestindu-i ce făceam. Vorbește-mi de tine, de cafenea, de Paris, de Félix. S-a executat cu bucurie. Încetul cu încetul, mă aducea înapoi acasă, la viața mea. Mă îndepărta de demonii mei, oferindu-mi o gură de oxigen. Îmi lipsea cafeneaua, stabilitatea emoțională pe care mi-o adusese. Blândețea lui Olivier, simplitatea lui alinătoare... Răgazul acesta a fost scurt; Declan tocmai venise în living și mă căuta, vizibil neliniștit. Te mai sun mâine.

— Abia aștept să te întorci, Diane.

— Și eu. Te îmbrățișez strâns.

Am intrat în casă. Declan a zâmbit ușurat.

— Pot să mă uit la televizor, te rog?

— Dacă vrei.

— Când se întoarce tata?

— Nu știu. Vrei să-l suni?

— Nu!

— Dacă vrei să o faci, nu trebuie să-ți fie frică. Tatăl tău poate să înțeleagă...

— Nu, vreau să mă uit la televizor.

S-a descurcat de minune să găsească desenele animate. Văzând cât era ceasul, am hotărât să-i pregătesc cina. Am gătit în sunetul râsetelor sale, cu Postman Pat la picioarele mele, așteptând să-i pice și lui ceva. Când mă surprindeam zâmbind, îmi repetam că nu eu eram cea care făcea asta.

Trei sferturi de oră mai târziu terminaserăm de mâncat — îi ținusem companie lui Declan — vasele erau spălate, ora 21 nu era departe și niciun semn de viață încă de la Edward. Declan stătea pe canapea și se uita la desene animate.

— Ar trebui să mergi la culcare, l-am anunțat.

S-a chircit.

— Ah...

S-a ridicat dintre perne, a stins docil televizorul. Toată bucuria de viață îi dispăruse de pe chip, părea prăbușit în el însuși.

— Vin cu tine în cameră.

A clătinat din cap. Ajunși la etaj, s-a dus să se spele pe dinți fără să-i fi cerut eu să facă asta. Am aprins veioza de pe noptieră și i-am aranjat așternutul. Când a venit, s-a așezat în patru labe și a căutat ceva sub pat; a ieșit de acolo cu o eșarfă mare în mână. Nu era greu de ghicit cui aparținuse. Apoi s-a băgat în pat.

— Las lumina aprinsă?

— Da, mi-a răspuns cu voce slabă.

— Somn ușor.

Nu făcusem doi pași când am auzit primele suspine.

— Stai cu mine.

Exact ceea ce mă îngrozea. Am început prin a mă lăsa în genunchi la căpătâiul lui, el a scos capul de sub plapumă, desfigurat de suferință, cu ochii mari plini de lacrimi, ca paralizat de dor și de durere, cu eșarfa mamei lui strânsă la piept. Încet, am apropiat mâna, dar am oprit-o ca să măsor importanța gestului meu; i-am trecut-o prin păr. La atingerea mea, a închis repede ochii, apoi i-a redeschis, implorându-mă să fac ceva ca să-i alin suferința. Mi-am pus o întrebare. Una singură. O întrebare interzisă: ce-aș fi făcut dacă ar fi fost Clara? În gând, mi-am implorat fiica să mă ierte pentru această trădare, cu ea ar fi trebuit să fac asta. Să fac ce refuzasem cu micul ei trup mort, să-i spun că totul va fi bine, că ea va fi bine, că voi fi mereu lângă ea. M-am lungit lângă Declan și l-am luat în brațe, respirându-i mirosul de copil. S-a cuibărit, s-a frecat de mine și a plâns. Mult, fără întrerupere. Își striga mama, eu îi șopteam: „Ssst, sssst, ssst..."

Și apoi niște sunete venite de foarte departe mi-au ieșit din gură; un cântecel de leagăn pe care i-l cântam Clarei când visa urât. Vocea nu mi-a tremurat, deși lacrimile au curs libere pe obrajii mei. Plângeam amândoi aceeași pierdere. Ne aflam în același loc, o prăpastie în care suferеam de dor. Suspinele lui Declan s-au stins încet-încet.

— Tu ești mămică, Diane? m-a întrebat sughițând.

— De ce spui asta?

— Pentru că faci ca mămica mea...

Copiii au un al șaselea simț prin care găsesc o breșă. Acest băiețel îmi dovedea că gesturile, cuvintele mele rămăseseră imprimate, marcate cu fierul roșu de către maternitate, prin ceea ce fusesem, că voiam sau nu.

— Eram mămică mai demult...

— De ce mai demult?

— Fiica mea, Clara... a plecat, la fel ca mămica ta.

— Crezi că sunt împreună?

— Poate.

— Mama e drăguță cu ea, să nu-ți faci griji. L-am strâns la piept și l-am legănat plângând în tăcere. Poți să-mi mai cânți?

Am cântat din nou. Respirația i s-a liniștit.

Trecuse o oră când am auzit ușa de la intrare deschizându-se. Edward m-a strigat, dar nu i-am răspuns, de teamă să nu-l trezesc pe Declan, căruia nu-i dădusem drumul nicio secundă. Edward a urcat scara câte patru trepte odată și s-a oprit în pragul camerei fiului său. S-a rezemat de tocul ușii, a strâns pumnii, a ridicat ochii spre cer, căutând cu siguranță să scape de această scenă. Și el suferea din cauza situației. Am înțeles utilitatea fotoliului din cameră, probabil își petrecea nopțile acolo, veghindu-l. Din priviri, i-am spus să tacă. În somn, Declan s-a zbătut ușor când m-am desprins de el. I-am lăsat eșarfa mamei lui cât mai aproape de față și m-am abținut să nu îl sărut pe frunte. Făcusem destul. Am trecut prin fața lui Edward, buimacă. M-a urmat până la parter. Mi-am îmbrăcat geaca și am deschis ușa de la intrare. Eram cu spatele la el când s-a hotărât să vorbească.

— Îmi pare rău că m-am întors atât de târziu. Aș fi vrut să te scutesc de asta.

— Trebuie să plec.

— Mulțumesc pentru Declan. Tot fără să mă uit la el, i-am respins mulțumirile cu o mișcare a mâinii.

— Diane, uită-te la mine.

— Nu.

M-a prins ușor de braț, m-a întors spre el și m-a văzut scăldată în lacrimi.

— Ce s-a întâmplat? Ce ți-a făcut?

Voia să-mi cuprindă fața în mâinile lui mari când m-am desprins brutal.

— Nu mă atinge, te rog... Nimic, nu s-a întâmplat nimic. Declan a fost adorabil.

Am alergat la mașină și am mers cu toată viteza spre casa lui Abby și Jack. Am rămas minute lungi aplecată peste volan. Copiii aduceau prea multă suferință, prea multă durere, atât vii, cât și morți. Durerea lui Declan îmi era de nesuportat, voiam atât de mult să-l ajut, dar era peste puterile mele și refuzam s-o trădez pe Clara. O să creadă că o abandonam încă o dată. O abandonasem lăsând-o să plece cu mașina împreună cu tatăl ei, o abandonasem neducându-mă să-mi iau rămas-bun de la ea, nu puteam s-o abandonez jucându-mă de-a asta cu Declan sau cu oricare alt copil. Nu aveam dreptul.

Când am ajuns în living, am găsit-o pe Abby în capot, așezată într-un scaun-balansoar în fața focului din șemineu. Mi-a făcut semn să mă apropii, m-am clătinat până la ea, m-am prăbușit la pământ și mi-am așezat capul pe genunchii ei. Ea m-a mângâiat pe păr, eu m-am uitat la flăcări.

— Îmi vreau fiica, Abby.

— Știu... ești curajoasă. Cred că i-ai făcut mult bine lui Declan.

— Suferă atât de mult.

— Ca și tine.

Au trecut mai multe minute.

— Și controalele tale?

— Sunt obosită, mă sting încet.

Am strâns-o mai tare de genunchi.

— Nu, nu tu... nu ai dreptul să ne lași.

— E normal să mă duc, Diane. Și după aceea voi veghea asupra tuturor. Liniștește-te. Acum plângi, asta te ușurează.

A doua zi am hotărât să stau cu Abby și cu Jack. Simțeam nevoia să mă concentrez pe motivul esențial al șederii mele în Mulranny și nu asupra lui Declan și a tatălui lui. Zilele se scurgeau cu repeziciune; timpul meu lângă Abby era numărat. Judith venea peste mai puțin de douăzeci și patru de ore, pe urmă gata. Abby era obosită după ziua de dinainte, așa că am rămas toată ziua în casă. Spre sfârșitul după-amiezii, Jack s-a dus să se plimbe pe plajă, nu putea să stea o zi întreagă închis în casă, chemarea aerului liber era mai puternică decât orice.

Stăteam amândouă în living, cu câte o ceașcă de ceai în mână, când m-a întrebat:

— Ce planuri ai?

— Oh... nu prea știu... cred că am să continui ca până acum. Mă simt bine în cafeneaua mea, sunt proprietară acum...

— Și logodnicul tău?

Îmi zâmbea.

— Olivier nu este logodnicul meu, Abby.

— Ah, tinerii de astăzi! Ești fericită cu el? Măcar este drăguț cu tine?

— N-aș fi putut să găsesc altul mai drăguț și mai respectuos decât el.

— Ăsta-i un lucru bun... Sper că Edward va găsi aceeași fericire ca tine...

M-a țintuit cu privirea. Știam la ce se gândea și refuzam să port această discuție.

— Te rog, Abby...

— Stai liniștită, n-am să te bat la cap. Dar ne facem atâtea griji pentru el și pentru Declan. Edward a suferit mult din cauza pierderii mamei lui și a purtării îngrozitoare a fratelui meu, tatăl lui... Când îl privesc astăzi... Știu ce va face ca să nu comită aceleași greșeli: va uita de el însuși în favoarea fiului său.

— E puternic, sunt convinsă că se va descurca...

Atașamentul ei față de Edward și de Judith era la fel de mare ca al unei mame pentru copiii săi. O întrebare îmi stătea pe limbă.

— Din cauză că v-ați ocupat de ei nu ați avut propriii voștri copii, tu și cu Jack?

— Nu... s-a întâmplat demult și totuși... Privirea i s-a pierdut în gol și i-a fost străbătută de o undă de tristețe. Am pierdut doi bebeluși. N-am avut șansa să trăiesc împreună cu ei, dar îți înțeleg suferința pentru fiica ta...

Lacrimile mi-au invadat ochii.

— Abby, îmi pare rău, n-ar fi trebuit să...

— Ai făcut bine... noi două avem un punct comun și știu că e timpul să-ți vorbesc despre asta. Înainte, când locuiai aici, ar fi fost poate prematur, dar astăzi... poate că îți va fi de folos...

— Cum ai făcut să te ocupi de acești copii care nu erau ai tăi?

— Au fost crize și lacrimi! La început, nu îmi dădeam voie să fiu mama lui Judith, voiam să-i fiu doar mătușă și mai ales nu voiam să fiu o hoață de copii. Rămâneam detașată de ea. Ea îmi ușura lucrurile fiind un copil liniștit, prea liniștit. Nu plângea, nu cerea nimic, ar fi putut să stea în patul ei fără să se facă auzită. Când te uiți ce a devenit...

S-a întrerupt ca să râdă. Am făcut la fel. Imaginea unei Judith calme și discrete părea aberantă.

— Cu Edward era altceva... ne provoca, o ținea din furie în furie, spărgea tot... Nimic anormal din partea lui. Jack știa să-l stăpânească, eu eram pasivă, nu voiam să văd cum îmi cere ajutorul pentru el sau pentru sora lui.

— Ce s-a întâmplat de s-au schimbat lucrurile?

— Minunatul meu Jack... Într-o seară, după a nu știu câta criză a lui Edward, a amenințat că îi dă înapoi fratelui meu, dacă eu tot n-aveam chef să mă ocup de ei. Pentru singura dată în viața noastră, am dormit separat în noaptea aceea. Am înțeles că voi pierde totul: pe soțul și pe copiii mei — pentru că, da, erau copiii mei. Bunul Dumnezeu mi-i trimisese și nimeni nu mă considera hoață...

— Ești o femeie incredibilă...

— Nu mai mult ca alta... și tu vei fi la fel.

— Nu cred...

— Lasă viața să se desfășoare.

Abby și Jack și-au petrecut seara împărtășindu-mi amintirile lor, cu ajutorul albumelor foto. Descopeream istoria acestei familii.

Șapte

Am auzit-o pe Judith înainte s-o văd.

— Unde e ticăloasa? a strigat din antreu.

— Ți-am spus că e în formă! mi-a zis Jack, împreună cu care mă aflam în salon.

M-am ridicat de pe canapea ca să fiu de față la debarcarea ei. M-a văzut, m-a împuns cu degetul repetând: „Tu, tu, tu!“ După aceea, fără să-și îndepărteze privirea pătrunzătoare de la mine, a lipit un sărut pe obrazul lui Jack, înainte s-o ia în direcția mea.

— Tu, soi de... nu ești decât o... la dracu!

S-a aruncat asupra mea și m-a strâns tare în brațe.

— Știi că ai s-o-ncasezi serios, nu?

— Și tu mi-ai lipsit, Judith.

Mi-a dat drumul, a pufnit, m-a prins de umeri și m-a privit atent din cap până-n picioare.

— Ți-ai revenit! Uau!

— Iar tu ești la fel de spectaculoasă!

— Întrețin legenda.

Era purul adevăr. Judith era splendidă, cu un sex-appeal de foc, un neastâmpăr în privire care putea să deconcerteze pe cel mai dur dintre bărbați. Chiar și fratele ei cădea în cursă. Abby ni s-a alăturat și ne-a îmbrățișat. Judith mi-a făcut cu ochiul, tandru și complice.

— Am amândouă fetele cu mine.

Stânjeneala mea nu putea fi mai evidentă.

— Nu face figura asta, Diane. E adevărat ce spune Abby. În plus, ai fost la un pas să devii sora mea...

Uitasem până unde erau în stare să meargă când se aliau. Am izbucnit în râs toate trei.

Ziua s-a scurs în bucuria acestor regăsiri. S-au amestecat râsete, lacrimi și împunsături de-ale lui Judith împotrivirea mea. Împreună cu ea, ne-am ocupat de treburi ca s-o scutim pe Abby. Aceasta părea să fi întinerit cu zece ani, orice urmă de boală dispăruse în câteva ore. Fața îi era destinsă, își regăsise dinamismul și nu mai arăta obosită. Judith și cu mine a trebuit să ne luptăm ca să ne lase să ne ocupăm de pregătirea cinei, atât de în formă se simțea. În seara aceea urma să fim cu doi mai mult: Edward și Declan ni se alăturau. Refuzam să-mi fac griji din cauza asta.

O mare parte a după-amiezii a fost consacrată preparării mâncării; am făcut un curs de gastronomie irlandeză învățând să coc pâine neagră și să gătesc veritabilul *irish stew*. În clipa aceea mi-am zis că aveau dreptate: eram cu mama și cu sora mea. Sora mea cu care făceam prostii de parcă am fi avut cincisprezece ani și mama noastră care ne muștruluia. Din când în când Jack încerca să pătrundă în cercul nostru feminin, dar, invariabil, făcea drumul înapoi.

Judith și-a scos smartphone-ul ca să imortalizeze momentul. Abby s-a pretat jocului râzând, eu am făcut la fel. A fost o rafală de selfie-uri de-ale noastre. Mă pregăteam să fac pe măscăriciul când s-a deschis ușa și au apărut Declan și Edward.

— Judith! a strigat Declan.

— Hei, mucosul meu preferat! Ce ți-am spus?

— Bună ziua, mătușă Judith, a răspuns el docil, înainte să se arunce de gâtul ei.

Această frază mi-a declanșat un râs atât de nebunesc că m-am rupt în două. Nu mai râsesem astfel de ani de zile.

— A mai văzut-o careva pe Diane în starea asta? s-a întrebat Abby, râzând și ea.

— E din cauza lui Judith! am reușit să spun. Nu ți-e rușine, tu care te urci cu picioarele pe masă, să îi ceri să-ți zică așa?

— Ai răbdare, încerc să fiu cum trebuie.

Edward m-a urmărit râzând și el. De când îl reîntâlnisem, era pentru prima dată când îl vedeam un pic destins și zâmbitor. Am preferat să întorc privirea. Ochii mi-au căzut pe Declan care mă fixa, încă agățat de gâtul lui Judith. Mi-a zâmbit larg și mi-a făcut un semn cu mâna.

— Bună, Declan, i-am spus de la depărtare.

— Bine, copii, să trecem din nou la treabă! Fetelor, facem mâncare, Edward, tu ne faci fotografii! a cerut Abby.

El s-a uitat la ea ca la o extraterestră.

— Măcar o dată, folosește-ți talentul pentru familie. Fă-mi plăcerea.

— Numai pentru că este vorba de tine, a mormăit el.

Se pregătea să iasă din bucătărie când Declan l-a strigat:

— Tată, așteaptă!

Toate privirile s-au îndreptat spre el. Se zbătea în brațele lui Judith ca să fie lăsat jos. Ea i-a dat drumul până la urmă.

— Pot să te ajut? l-a întrebat apropiindu-se de el.

— Vino cu mine la mașină.

După zâmbetul pe care i l-a adresat tatălui său, se vedea cât de mult îl iubea deja. Câteva minute mai târziu, era asistentul lui Edward și îi dădea lucrul cerut. Bufoneriile lui Judith și simpla plăcere de a o face fericită pe Abby au fost de ajuns ca să-mi ascund stânjeneala cauzată de prezența lor, sau în orice caz să mă descurc cu ea. Jack ni s-a alăturat și el și ne-a servit cu bere Guiness. S-a așezat și a ciocnit cu soția lui. Declan se învârtea în jurul mesei, râzând. Judith aranja toată harababura, iar eu m-am ocupat de spălatul vaselor. Vorbeam toți în același timp, despre tot, despre nimic, pur și simplu însuflețiți de bucuria de a ne afla acolo. Când am terminat de spălat vasele, m-am rezemat de blatul de lucru și mi-am băut berea. Am surprins ochii lui Edward asupra mea — a fost ca un moment suspendat în timp. Aș fi vrut să întorc privirea, dar nu eram în stare. La ce putea să se gândească el? În ce mă privea, era imposibil să văd limpede ce îmi trecea prin cap. Și apoi, deodată, maxilarul i s-a încordat, balonul s-a spart. Și-a căutat fiul; Declan se uita la aparatul foto al tatălui său, aflat pe bufet, ca la o comoară.

— Nu pune mâna pe el, e fragil.

Pe chipul lui de băiețel se citea decepția. Care a crescut când Edward s-a dus să-și aranjeze materialul în mașină, fără să-i ceară ajutorul și fără să spună un cuvânt cuiva. Absența lui s-a prelungit și a părut să-l neliniștească pe Declan. Se uita la ușa bucătăriei, tresărea la cel mai mic zgomot, ca în gardă. Când l-a auzit pe tatăl lui intrând în casă, fața i s-a destins și și-a regăsit zâmbetul.

Ne-am așezat la masă și Declan a cerut să stau lângă el. Nu aveam niciun motiv ca să refuz. La urma urmei, ce mai conta? Edward voia să-l certe, dar nu l-am lăsat.

— E în regulă, i-am spus zâmbind.

Atmosfera din timpul cinei a fost amuzantă, plăcută și familială. Viața nu crutase pe nimeni de la acea masă, pe ei și mai puțin în ultima vreme, cu boala lui Abby. Și totuși, fiecare făcea astfel încât s-o scoată la capăt, să trăiască mai departe, se mulțumea cu scurte momente fericite, un amestec de instinct de supraviețuire și de fatalitate. Mă acceptaseră cu toate ale mele și continuau s-o facă. Eram între ei și mi-era bine. Cu toate acestea, o parte din mine ar fi preferat să se simtă mai puțin confortabil; despărțirea avea să fie grea, știam deja. Pe cât de mult aveam nevoie, pentru progresul vieții mele din Paris, să fiu sigură că uitaserăm trecutul, pe atât de complicat era să mă gândesc la ei cu răceală. Era efectul pervers al acestor reîntâlniri. Judith m-a scos din gândurile mele:

— O ștergem la pub?

— Dacă vrei.

— Nici nu se pune problema să ratez o ocazie de a petrece cu tine! Pe de altă parte, în felul ăsta eviți să sfârșești ca data trecută.

— Dacă ai putea să nu-mi amintești de acel episod, ar fi grozav.

Numai că, după zâmbetul poznaș pe care îl afișa, am înțeles că nu se va opri aici. L-a împuns cu cotul pe Edward.

— Hei, frate, îți aduci aminte când a trebuit să ne ducem după ea?

El a mormăit în barbă. Ca și mine, își amintea la perfecție.

— Povestiți-ne, copii, a intervenit Abby, excitată ca o puștoaică.

— Diane nu se mai ținea pe picioare și Edward i-a ars una unui tip care îi dădea târcoale prea de aproape. A trebuit s-o care pe umăr. Îți venea să mori de râs, ea gesticula cât putea zbierând la el și Edward, imperturbabil, nu se clintea.

Abby și Jack ne-au privit când pe unul, când pe altul, și la sfârșit au izbucnit în râs. Noi ne-am privit, jenați la început, înainte să ne alăturăm râsului nebunesc general.

— Ce e aia, a-i arde una? a întrebat Declan.

— Înseamnă a se bate, i-a răspuns Judith.

— Uau, tată, tu te-ai bătut?

— Dacă nu s-ar fi întâmplat decât o dată..., a continuat Jack. Fiule, tatăl tău se bătea deja la vârsta ta.

— De ce-i povestești asta? l-a certat Edward.

— O să mă-nveți și pe mine, tată?

Tatăl și fiul s-au privit. Pentru prima oară, Edward a avut o privire tandră pentru Declan înainte să se întoarcă înspre sora lui.

— Duceți-vă dacă vreți, mă ocup eu să strâng aici.

S-a ridicat, și-a trecut mâna prin părul fiului său și i-a cerut să-l ajute să strângă. A fost ceva mai puternic decât mine, i-am privit până când au dispărut în bucătărie. Judith și-a dres glasul.

— Ești gata s-o faci lată?

— Să plecăm!

Amândouă i-am îmbrățișat pe Abby și pe Jack, care ne-au mulțumit de o mie de ori pentru seara aceea. Edward și Declan au ieșit din bucătărie, Judith s-a dus să-i îmbrățișeze. Eu m-am mulțumit să le fac un semn cu mâna.

— Aveți grijă, ne-a spus Edward.

— Nu vei fi nevoit să te bați, i-am răspuns fără să mă gândesc.

În aceeași clipă mi-am regretat vorbele.

Am ajuns la pub râzând și țopăind. Când am intrat, nu am putut să nu gândesc cu voce tare:

— Ce bine e aici!

— Știam c-ai să revii! m-a tachinat Judith.

Din spatele barului, barmanul s-a bucurat să ne vadă. Ne-am dus spre el, în ciuda lipsei de loc. Treaba s-a rezolvat în doi timpi și trei mișcări: a dat la o parte hotărât doi clienți ca să ne elibereze scaunele. Fără să ne întrebe, ne-a adus fiecăreia câte o halbă de Guiness. În pub era atmosfera de concert de sâmbătă. Grupul interpreta melodie după melodie pentru plăcerea tuturor. Ne-am alăturat celorlalți clienți care cântau cât îi ținea gura. Regăseam acea atmosferă care îmi plăcuse atât de mult... și de care nu profitasem anul trecut.

— Am o întrebare super importantă să-ți pun, mi-a spus deodată Judith.

— Te-ascult.

— Félix mai este gay?

Am pufnit.

— Mai mult ca niciodată, i-am răspuns în cele din urmă.

— Drace! Pentru că este bărbatul vieții mele, cred că îți dai seama.

M-a luat de braț și ne-am reocupat locurile la bar, unde ea a comandat a treia sau a patra halbă, începeam să nu mai știu! În sfertul de oră care a urmat am avut dreptul la relatarea ultimelor aventuri ale lui Judith-care-se-îndrăgostește-în-fiecare-zi. Mi-a sunat telefonul, întrerupându-ne discuția. Era Olivier.

— Așteaptă două minute, i-am spus, înainte să mă adresez lui Judith. Scuză-mă...

Ea a rânjit drăguț și mi-a făcut semn cu capul spre colțul fumătorilor de afară. Mi-am înșfăcat țigările și am traversat pubul, urmată îndeaproape de Judith, care s-a apucat să stea de vorbă cu ceilalți fumători.

— Gata! Am ajuns.

— Unde ești? E un zgomot!

— La pub cu Judith. Este un concert, ca în fiecare sâmbătă seara.

— Te-ai revăzut cu prietena ta?

— Da, am petrecut o zi minunată. Abby era fericită, a fost super!

— Te simți bine acolo...

O undă de vinovăție m-a străbătut, uitasem să-l sun astăzi, cu toată bucuria revederii lui Judith.

— E adevărat... Și tu, ce faci?

— Foarte bine, aici totul este O.K. Acum sunt acasă și lenevesc singur. Nu te mai deranjez mult...

— Nu mă deranjezi, prostuțule!

— Distrează-te. Voiam să știu doar dacă ești bine. Acum am aflat! Te îmbrățișez strâns.

— Și eu pe tine. Pe mâine, te sun mâine, promit.

Judith trebuie să mă fi urmărit, căci a venit lângă mine imediat ce mi-am băgat telefonul în geantă.

— Și, ce face iubitul tău?

— Foarte bine. Ne întoarcem?

Ca invitate de onoare, ne-am regăsit încă o dată locurile la bar. Judith nu avea de gând s-o lase moartă.

— E treabă serioasă între voi?

— Nu știu, cred... da... de fapt, este...

— Și fratele meu?

— Ce-i cu fratele tău?

— Nu-l mai iubești? Nu încerca să-mi spui că nu l-ai iubit cândva, că nu te-aș crede.

— Oh, Judith, te rog...

— Trebuie să avem această discuție!

Am oftat.

— Nu eram pregătită pentru el, i-aș fi făcut și mai mult rău, mai devreme sau mai târziu, dacă aș fi rămas.

— Și acum?

— Acum, a trecut mai bine de un an. Mi-am reluat viața la Paris, acasă la mine și am întâlnit pe cineva cu care mă simt bine.

— Înțeleg, mă bucur pentru tine.

Și-a terminat berea dintr-o răsuflare și a mai comandat un rând. Nu fără să-mi arunce o privire cu coada ochiului.

— Ce vrei să-mi spui?

— Cred că este totuși ciudat să-l revezi!

— Într-adevăr... Dar, Judith, nu-ți dau voie să faci scenarii...

— O.K., O.K.! În fine... n-ai să mă faci să cred că nu ești curioasă să afli un pic mai mult...

— Ai dreptate... sunt îngrijorată pentru el...

— Nu ești singura!

— Mă îndoiesc...

— Merită ceva mai bun decât să fie acaparat de fiul lui! Cum vrei să-și mai refacă viața acum?

— Apariția lui Declan îți pune probleme?

— Bineînțeles că nu. Cum să nu-l iubești pe puștiul ăsta? Doar că m-am săturat să-mi văd fratele lâncezind. Are ghinion! Nu este un reproș, Diane... dar a suferit al dracului după plecarea ta... Am lăsat capul în jos. Am revăzut în minte momentul în care îi spusesem că îl părăsesc. Îl făcusem să sufere atât de mult.

— S-a aruncat cu totul în muncă, era tot timpul pe drumuri, fugea de Mulranny, de tot ce îi putea aminti de tine.

Ca atunci când un cui îl scoate pe altul și chiar era pe punctul să reușească. Și pe urmă, hodoronc-tronc, dă peste tipa aia! Prima lui reacție a fost să facă pe răul din poveste... îi cunoști principiile! Din fericire, mama lui Declan era o femeie bună, serioasă, înțelegătoare. Nu i-a reproșat niciodată lui Edward că a plecat, l-a iertat și, de asemenea, l-a cercetat, ca să știe dacă putea într-adevăr să i-l lase în grijă pe fiul lor.

— O înțeleg, la urma urmei, nu-l cunoștea!

Am băut o înghițitură zdravănă de bere și am oftat.

— Dar cum se simte el de fapt? Ce gândește despre situația în care se află?

— Diane, dar tu pe ce lume trăiești? Crezi că-și deschide inima în privința stărilor lui sufletești?

N-am putut să rezist, am izbucnit în râs.

— Știi că ești curioasă? a continuat, râzând la rândul ei.

— Ai dreptate! Ești mulțumită?

— Foarte! Ascultă, ceea ce pot să-ți spun este că atunci când a primit rezultatul testului de paternitate a luat-o puțin razna. Erau ani de când nu-l mai văzusem într-o asemenea stare!

— Adică?

— S-a baricadat în casă și s-a îmbătat criță. Mă întreb cum de n-a înțepenit pentru totdeauna. A trebuit să sar pe fereastră ca să intru. Și acolo l-am ascultat delirând ore în șir... despre tot: despre tatăl nostru, despre ticăloasă, despre boala lui Abby, și despre tine de-a lungul, de-a latul și de-a curmezișul! În condițiile în care plecaseși de șase luni și nimeni nu avea dreptul să-ți rostească numele fără să declanșeze un război nuclear. Vorbea de telefoane primite de la tine, de mesaje...

Am făcut o socoteală scurtă; se potrivea cu apelurile mele...

— Și acum? am întrebat-o.

— Este mai viu datorită fiului său, o să-i dedice viața... îl iubește la nebunie, dar ceea ce îl va măcina mereu este că i-a făcut un copil unei femei pe care n-o iubea.

— Aș vrea atât de mult să fac ceva pentru el...

— Să nu-ți fie milă de el.

— Asta n-are nicio legătură...

A zâmbit în colțul gurii.

— Știu, te provoc doar... Degeaba spui, va fi mereu ceva între voi. Asta e, ați ales fiecare. Tu ai pe cineva. Iar el îl are pe fiul lui și îi este de ajuns. Dar cred că v-ar face bine să vorbiți... Hai, încă un rând!

Încă o halbă. Judith se maturizase, era mult mai responsabilă și mai lucidă decât înainte. Ceea ce nu a împiedicat-o să mă facă să dansez pe ritmurile îndrăcite ale muzicii tradiționale irlandeze.

Pubul era aproape de închidere. Din fericire, făceam cinci minute pe jos până acasă la Abby și Jack. La fel de cherchelite amândouă, am parcurs drumul braț la braț. M-am trezit din beție în mai puțin de două secunde când am văzut mașina lui Edward încă parcată în fața casei.

— Ce mai tot învârtește pe-aici? a răcnit Judith reținându-și un râgâit, cu eleganța ei legendară. Am intrat cu pași mari și ne-am îndreptat spre living. O luminiță era aprinsă pe un gheridon. Am zărit în cele din urmă silueta lui Edward; stătea pe canapea, cu picioarele pe măsuța joasă, cu un pahar într-o mână și cu cealaltă pusă pe spatele fiului său, care dormea cu capul pe genunchii lui.

— De ce mai ești aici? l-a întrebat Judith.

Nu s-a sinchisit să se întoarcă spre noi ca să răspundă.

— Declan s-a speriat când a înțeles că n-o să vă mai vadă. Singurul mijloc de a-l liniști a fost să-i promit că vă așteptăm. Până la urmă a adormit.

— Ar fi trebuit să ne suni, i-am spus apropiindu-mă.

— Mulțumesc, Diane, dar nu voiam să vă stric seara.

Judith a îngenuncheat lângă ei și a studiat nivelul scăzut de whisky din sticlă. I-a făcut cu ochiul fratelui ei care a schițat un zâmbet trist.

— Lasă-l cu noi în noaptea asta, o să-l iau la mine. Du-te și dormi și tu în patul tău. Ți-l aducem mâine la prânz.

— Poate o să te mire, dar nu refuz.

Judith s-a ridicat, Edward și-a luat fiul în brațe și s-a ridicat și el. Declan s-a agățat de gâtul lui.

— Tată?

— Judith și Diane sunt aici, o să dormi în patul lui Judith.

I-am privit cum urcau scările toți trei. Viața lor era așa de departe de a mea. Ca să-mi fac de lucru, am luat paharul și sticla și le-am dus la bucătărie. M-am rezemat de chiuvetă și am băut un pahar de apă. Am tresărit când am auzit vocea lui Edward:

— Plec.

M-am răsucit, el mi-a aruncat pachetul lui de țigări, având deja o țigară între buze. Am înțeles mesajul și l-am urmat. După ce am ajuns afară și m-am servit, i-am dat înapoi pachetul. Și-a fixat privirea în ochii mei și a aprins un chibrit pentru mine; m-am apropiat de flacără spunându-mi să nu cumva să-mi ard aripile. Pe urmă, el a făcut câțiva pași prin grădină, înainte să se întoarcă lângă mine. A căutat în buzunar și a scos de acolo cheile de la mașină, pe care mi le-a dat. Din reflex, le-am luat. Ai putea să-mi aduci mașina mâine, odată cu Declan?

— Doar n-o să te întorci pe jos? Ai cel puțin o jumătate de oră de mers!

— Am băut prea mult, nu vreau să mă urc la volan... o să-mi facă bine să iau aer. Și-a ațintit privirea în ochii mei secunde lungi. Se citea atâta tristețe în ea, dar, ca întotdeauna, și o urmă de furie. Nu-l va elibera nimic, niciodată.

— Noapte bună, Diane.

— Ai grijă pe drum.

I-am urmărit silueta până când a dispărut în noapte. Am aruncat mucul în scrumieră, am intrat în casă și am încuiat. Am urcat la etaj, tulburată, într-o stare neconfortabilă. Ușa de la camera lui Judith s-a întredeschis și a apărut ea.

— Doarme încă? am întrebat-o în șoaptă.

— Buștean. În afară de a-i duce mașina înapoi, ce ți-a mai zis?

— Nimic.

— Cum bine ziceam, ar trebui să vorbiți...

— Noapte bună, Judith.

M-am strecurat sub plapumă știind că somnul va întârzia să vină. Imaginea lui Edward plecând singur în noapte îmi revenea iar și iar în minte, fără să uit privirea pe care mi-o adresase. Judith avea dreptate, va exista mereu o legătură între noi, legătură pe care ar trebui s-o lămurim cât de repede ca să putem merge mai departe și unul, și altul.

Îmi venea să cred că această ședere în Irlanda era făcută doar ca să învăț ce înseamnă o familie. Când am coborât la micul dejun, am văzut-o pe Abby în capot pregătindu-se să ne servească un *irish breakfast*; mirosea a șuncă, a ouă, a pâine prăjită. Jack, Judith și Declan stăteau la masă, doar eu mai lipseam. Totuși, ceva nu se potrivea, era palpabil.

— Stai să te-ajut, i-am propus lui Abby.

— Nu, scumpa mea, nu sunt neputincioasă!

— Nu te obosi, și pe mine m-a refuzat, mi-a spus Judith.

— Diane, m-a strigat Declan, cu glas plângăreț.

L-am privit cu mai multă atenție, expresia lui tristă m-a sfâșiat. S-a ridicat și s-a apropiat de mine. Fără să gândesc, m-am lăsat pe vine lângă el.

— Ce-ai pățit?

— Când se întoarce tata? De ce nu e aici?

— Presupun că ți-a spus deja Judith, nu?

— Nu mă crede, mi-a răspuns ea.

— Declan, tatăl tău este acasă, doarme, era obosit.

— Adevărat?

— Îți dau cuvântul meu de onoare.

S-a aruncat spre mine și m-a luat de gât. Mi-am ținut respirația. Copilul ăsta mă împingea dincolo de limitele mele. Doar că eu eram adultă, în mod normal aveam capacitatea să-mi stăpânesc angoasele, spre deosebire de el. În orice caz, părea că eram pe cale să îmi regăsesc această capacitate și că eram în măsură să îl susțin.

— Uită-te la mine, Declan.

S-a depărtat un pic. Am avut impresia că întâlnesc privirea tatălui lui. Mi-am alungat din minte această imagine și m-am concentrat pe copilul din fața mea. I-am șters obrajii cu mâna.

— N-a plecat. O să mergem la el după micul dejun, bine?

A dat din cap.

— Vino la masă.

Din instinct, s-a așezat lângă mine. Farfuriile erau pe masă, ceștile pline. Declan rămânea chircit.

— Totul e bine, ți-am spus. Ai încredere în mine. Acum mănâncă.

În timpul scurtei noastre discuții, nu dădusem atenție la ce se petrecea în jur. Toată lumea se uita la noi. Abby mi-a zâmbit dulce. Am ales să nu reacționez și mi-am înfipt furculița în ouăle cu jumări.

O oră mai târziu, Judith m-a lăsat să conduc Range-ul. Când am parcat în fața casei lui Edward, l-am văzut pe plajă cu câinele și cu o țigară în gură. Declan se agita pe banca din spate, și Judith i-a deschis repede portiera. A țâșnit ca fulgerul alergând spre tatăl lui care s-a întors când l-a auzit strigându-l. Declan i-a sărit în brațe, Edward l-a ridicat și l-a strâns la piept. Apoi l-a lăsat jos, s-a aplecat la înălțimea lui, i-a ciufulit părul și a început să vorbească. Declan gesticula explicându-i ceva, în timp ce Postman Pat se agita în jurul lor. Liniștind câinele, Edward îi zâmbea fiului său, cu un zâmbet adevărat, cum era capabil să dăruiască; era fericit, liniștit. Să asist la această scenă m-a tulburat, erau așa de frumoși amândoi și emoționanți. Edward devenise într-adevăr tată, nu mai aveam nicio îndoială. Era stângaci, pudic, dar visceral atașat de copilul lui. În clipa aceea, simțeam că nimic altceva nu conta pentru el decât că-și regăsise băiețelul. Ce bine îl înțelegeam… Trebuie să fi fost cu adevărat epuizat de ni-l lăsase noaptea trecută. Despărțirea părea să fie dificilă și pentru unul, și pentru celălalt. Am stat mai retrasă până când lacrimile au încetat să curgă, în vreme ce Judith li se alătura. Fratele și sora s-au îmbrățișat. Am mers încet către ei. Judith s-a îndepărtat alergând pe plajă, repede urmată de Declan și de Postman Pat. Ai fi putut să te întrebi, dintre mătușă și nepot, cine era copilul. Am ajuns lângă Edward și i-am dat cheile de la mașină. O noapte nu fusese de ajuns ca să se odihnească.

— Nu ți-am stricat-o.

— Am încredere în tine. Mergem puțin?

— Da.

Am parcurs mai mult de o sută de metri fără să spunem un cuvânt, cu mâinile în buzunare; auzeam în depărtare strigătele de bucurie ale lui Declan și lătratul câinelui.

— Vino să ne așezăm acolo, este locul ideal ca să asistăm la circul lui Judith. Ne-am așezat unul lângă altul pe o piatră care ieșea în afară deasupra plajei. Cum să știu că îi este bine?

L-am privit, se uita cu intensitate la fiul lui.

— Când îl iei în brațe, ca în această dimineață, îi este bine, știe că are un tată. Când nu reușește să adoarmă pentru că își vrea mama, suferă.

— Îmi pare foarte rău că a trebuit să treci prin asta.

— Termină, nu are importanță.

— Ce i-ai spus? Este singura noapte în care nu a avut coșmaruri de când stă la mine.

— Nu mare lucru, pur și simplu i-am vorbit despre Clara. Asta-i tot.

Vocea mi-a cedat ușor, am aprins o țigară tremurând. Edward m-a lăsat câteva minute să-mi revin înainte să continue:

— De când ne cunoaștem, ești singura persoană care nu încearcă să mă cruțe, așa încât contez pe tine. Spune-mi ce greșesc cu el? Vreau să-i fie bine, să uite, nu vreau să ajungă la fel ca mine.

Mâna mea a luat-o pe-a lui și a strâns-o, ca și cum ar fi acționat complet independent.

— Nu va uita niciodată, să-ți intre bine asta-n cap. O mamă, ca și un copil, nu se uită. Nu faci nimic rău cu el. Înveți, asta-i tot. N-am ce sfat să-ți dau. Toți părinții fac greșeli. Dați-vă timp să vă obișnuiți unul cu celălalt. Singurul lucru pe care-l știu este că Declan te privește ca pe un semizeu și că este îngrozit de ideea de a te pierde. Te cunosc... nu ești un mare vorbăreț, dar liniștește-l atât cât poți. Petrece timp cu el... învață-l fotografia, pentru el e magic atunci când ții aparatul în mâini, mă rog, asta am văzut ieri... Și... dacă ajunge ca tine, va fi foarte norocos.

O ultimă apăsare pe mână și i-am dat drumul. M-am ridicat, am coborât de pe stâncă și m-am apropiat de valuri. I-am văzut pe Judith și pe Declan în depărtare, conștientă de prezența lui Edward în spatele meu. Am respirat adânc. Vântul îmi biciuia fața. Hotărât lucru, nu mă voi întoarce nevătămată din această călătorie.

— Când pleci? m-a întrebat când a ajuns în spatele meu.

— Poimâine.

— O să trecem după școală să-ți spunem la revedere.

— Dacă vrei.

S-a îndepărtat, l-am urmărit cu privirea în timp ce-și lua fiul și câinele. S-au urcat în mașină și au plecat într-un nor de praf. Judith a venit lângă mine, m-a luat de gât și și-a rezemat capul de al meu.

— E în regulă?

— S-ar zice că da.

Restul zilei a trecut în mare viteză. Cu Judith, știam că ne lipsește timpul. Folosea cea mai bună metodă împotriva melancoliei: râsul. În timpul prânzului de la Abby și Jack a asigurat spectacolul povestind tâmpenii. Am însoțit-o până la mașină când a sosit timpul să se întoarcă la Dublin.

— Facem în așa fel încât să nu mai petrecem un an fără să ne dăm vești?

— Aș fi vrut tare mult să vin să te văd la Paris, dar cu Abby, mi-ar fi fost frică să nu-mi încalc promisiunea. Așa că...

— Am să te sun, i-am răspuns. Ține-mă la curent în legătură cu sănătatea ei.

— Asta pot să fac.

Armura lui Judith s-a fisurat; a ridicat ochii spre cer, nereușind să-și ascundă lacrimile. Am îmbrățișat-o.

— O să fie bine, ai să reziști, i-am spus la ureche.

— Tu ești chiar culmea! Reușești să mă faci să plâng... Știi, nu contează cu cine îți trăiești viața... ești so...

— Știu... la fel este și pentru mine...

S-a desprins de mine, s-a bătut cu palma peste obraji și a ridicat degetele mari.

— Hai, Judith, revino-ți, doar nu ești o fetiță! s-a certat. Când trebuie să pleci, pleci!

— Ai grijă la drum.

M-a salutat militărește, a urcat în mașină și a plecat.

Mi-am consacrat ultima zi lui Abby. M-a întrebat dacă aș vrea să-i fac unghiile și părul; încă mai voia să fie cochetă și nu îndrăznea să-i ceartă asta lui Judith, din pudoare. Remarcase că acordam din nou atenție aspectului meu și considera că eram perfectă pentru această sarcină. Intimitatea aceasta ca între femei ne-a apropiat și mai mult. Stăteam în camera lor. Fotografii cu Edward și Judith copii erau înșirate peste tot. Să-i văd în uniformă școlară m-a făcut să zâmbesc.

— Ești fericită că ai venit să ne vezi? m-a întrebat Abby când îi dădeam cu ojă pe unghii, așezate amândouă pe pat.

— Cum să nu! Stai liniștită.

— Și cu Edward?

— Vor trece după școală să-mi spună la revedere, cel puțin așa mi-a zis ieri...

— Și asta-i tot?

— Păi da...

Am fost întrerupte de Jack, care mă chema de la parter. Declan și tatăl lui tocmai sosiseră. Era timpul pentru rămas-bun. Abby m-a însoțit ținându-mă de braț, îi simțeam ochii scrutători asupra mea. La picioarele scării mi-a dat drumul și s-a așezat pe un fotoliu, schimbând cu Jack o privire care nu prevestea nimic bun.

— Salut, m-am mulțumit să le spun lui Declan și lui Edward. Am fugit de privirea tatălui și am hotărât s-o înfrunt mai degrabă pe cea a fiului, care s-a apropiat de mine ca să-mi dea un pupic. A fost bine la școală astăzi?

— Da!

— Vino-ncoace, flăcăule, să-ți arăt ceva, l-a chemat Jack.

Declan s-a executat. Nu am avut de ales decât să mă îndrept către Edward.

— Să te întorci cu bine la Paris, mi-a spus el sobru.

— Mulțumesc.

— Este păcat totuși că voi doi nu v-ați văzut mai mult, a strecurat subtil Abby.

— Asta așa e! a intervenit și Jack. Copii, nu vreți să vă duceți diseară la pub? Putem să stăm noi cu Declan.

Ne-am privit în ochi.

— Vrei? m-a întrebat Edward.

— Păi... da, cu plăcere...

— Tată?

Nu remarcaserăm că Declan se apropiase din nou de noi.

— Pleci, tată?

Umerii lui Edward s-au lăsat, el și-a trecut mâna prin părul fiului său zâmbindu-i.

— Nu... nu te neliniști, ne întoarcem... Diane, îmi pare rău... rămâne pe altă dată...

Știam amândoi că nu era așa.

— E normal, te înțeleg.

— Ei, atunci... Vrei să vii la cină la noi?

— Oh...

Privirea mi s-a întors automat spre Abby și Jack, ca și cum aș fi avut nevoie de aprobarea lor. Ei mă priveau cu toată blândețea și bunăvoința care îi caracteriza.

— Nu-ți face probleme pentru noi.

— Vii să mănânci la noi? a insistat Declan. Spune da!

Am observat privirea tandră a lui Edward pentru fiul lui. Asta m-a făcut să cedez.

— De acord, vin.

— Pe mai târziu, mi-a spus Edward. Declan, mergem?

I-au îmbrățișat pe Abby și pe Jack și au plecat. Am rămas nemișcată minute lungi, în picioare în mijlocul livingului.

— Vino-ncoace, fetița mea, m-a strigat Abby, ceea ce a avut darul de a mă scoate din visare.

M-am trântit pe canapea, ea și-a schimbat locul ca să vină lângă mine și mi-a luat mâna într-a ei.

— Ce mă puneți voi doi să fac? Sunteți niște adevărați intriganți!

Jack a izbucnit în râs.

— Mai ales ea, mi-a spus, arătând spre soția lui.

— Nici tu nu ești mai breaz! i-am replicat iute zâmbind. La ce va folosi asta?

— La lămurirea lucrurilor, mi-a răspuns Abby.

— Poate, dar era ultima noastră seară împreună.

Ea m-a bătut cu palma peste mână.

— Diane, nu te-ai fi gândit decât la ei dacă ai fi rămas cu noi, în sinea ta o știi. Iar noi am profitat din plin... Nu-ți face griji... Și-apoi, când ești cu ei, este într-un fel ca și cum ai fi cu noi. În plus, le faci bine...

Am rezemat capul de umărul ei și am profitat de căldura ei maternă.

— O să-mi lipsiți... îngrozitor..., am șoptit.

Jack, care era în spatele canapelei, și-a așezat mâna într-un fel părintesc pe capul meu.

— Și tu nouă, micuța mea franțuzoaică, dar te vei întoarce...

— Da...

M-am lipit și mai strâns de Abby.

O oră mai târziu, plecam promițându-le că mă voi simți bine și nu-mi voi face griji pentru ei. Când am ajuns aproape de casă, am hotărât să fac o ultimă plimbare pe plajă înainte să mă văd cu Edward și cu fiul lui. Voiam să mă las pătrunsă încă o dată de mare, de această priveliște, de vânt. Să iau aer îmi făcea cel mai mare bine. Nu știam ce să cred despre această seară care se anunța. Să cinez cu Declan și cu Edward avea ceva tulburător, aveam să pătrund în intimitatea lor și mi-era teamă că viața lor de zi cu zi îmi va sări în față. Era evident că Abby, Judith și Jack — chiar dacă el nu se pronunța — aveau dreptate: trebuia să spargem buba ca să trecem cu adevărat mai departe. Trebuia să rupem o relație care nu avusese posibilitatea să înceapă și care n-avea să înceapă niciodată.

Când mergeam spre casa lor, am primit un SMS de la Olivier: „Să ai o ultimă seară plăcută în Irlanda, pe mâine, te îmbrățișez strâns".

„Mulțumesc... abia aștept să te revăd. Te îmbrățișez.“, i-am răspuns înainte să bat la ușă.

Mi-a deschis Declan, tot numai zâmbet, în pijama. M-a luat de mână și am intrat în living; îmi era greu să înaintez; Postman Pat s-a bucurat și el să mă vadă. Televizorul era pornit pe desene animate; în spatele barului din bucătărie, Edward pregătea cina. Mi-a aruncat o privire — cu neputință de ghicit starea lui de spirit.

— Ți-ai luat la revedere de la plajă?

— Da...

— Diane, vii?

Declan mă tot trăgea de braț.

— Vin, lasă-mă două minute. A ridicat din umeri și s-a suit pe canapea împreună cu câinele. Eu m-am instalat la bar, în fața lui Edward.

— Nu erai obligat să mă inviți astă-seară.

— M-ai văzut cumva forțându-mă? a răspuns, fără să mă privească.

— Pot să te ajut cu ceva?

Și-a ațintit ochii într-ai mei.

— Îi citești lui Declan o poveste până termin eu de pregătit cina?

— Să facem mai degrabă invers, este mai bine pentru voi doi.

— Doar n-o să gătești!

— Fără chestii de-astea între noi... politețea nu-și are locul.

Am înconjurat barul, i-am luat din mână lingura de lemn și l-am împins în living. A scuturat din cap înainte să ia o carte din ghiozdanul fiului său. Declan a încercat să facă mofturi, dar expresia tatălui lui l-a determinat să nu mai insiste. Legănată de amestecul dintre glasul de copil și cel răgușit, am terminat de făcut mâncarea și am pus masa. Edward își făcea timp să se asigure că Declan înțelegea tot, răbdarea lui m-a lăsat cu gura căscată. Când cina a fost gata, am trecut prin fața lor fără să-i întrerup și am ieșit pe terasă să fumez. Două minute mai târziu, ușa cu geam s-a deschis și Edward a venit lângă mine, cu o țigară în gură.

— Sper că n-ai să te superi pe mine, a trebuit să-i promit că vei sta lângă el la masă.

— Nicio problemă.

Conversația s-a oprit aici. Nu auzeam decât zgomotul tutunului care se consuma, printre cel al vântului și al valurilor. Era încă prea devreme pentru deschiderea vanelor. Și oricum, Declan nu ne-a lăsat timp să ne deblocăm. A venit lângă noi, stomacul lui striga de foame.

La masă, a asigurat conversația; a ținut un monolog despre întâmplările cu colegii lui de școală, înainte să mi se adreseze direct mie.

— Pleci mâine? E adevărat?

— Da, iau avionul.

— De ce? Nu e drept...

— Sunt în vacanță aici, locuiesc la Paris, acolo lucrez. Îți amintești?

— Da... Tată, o să putem să mergem s-o vizităm pe Diane într-o zi?

— Mai vedem.

— Te rog! În vacanță!

Fața lui Edward s-a înăsprit.

— Declan, i-am spus. Ai toată viața ca să vii la mine la Paris. Bine?

A bombănit, și-a terminat iaurtul și s-a dus să arunce recipientul gol la pubelă fără să spună un cuvânt. După aceea s-a instalat pe canapea bosumflat. Edward îl urmărea încordat, neliniștit. S-a ridicat și el de la masă și s-a așezat în fața fiului său. I-a trecut mâna prin păr.

— Știi că Abby este bolnavă, trebuie să ne ocupăm de ea și să-l ajutăm pe Jack, de aceea nu pot să te duc la Paris la Diane.

— Dar tu ai fost...

— E adevărat, dar n-ar fi trebuit... Declan a lăsat capul în jos, Edward a respirat adânc. Acum trebuie să te duci în pat.

Fiul lui a ridicat brusc capul.

— Nu! Tată, nu vreau să mă duc!

Spaima l-a copleșit și l-a desfigurat.

— N-ai de ales. Mâine mergi la școală.

— Te rog, tată! Vreau să stau cu voi.

— Nu. Spune-i la revedere Dianei.

A sărit de pe canapea și s-a lipit de mine agățându-se de talia mea și plângând. Am respirat adânc. Edward m-a privit neajutorat înainte să-și ia capul în mâini.

— Diane, nu vreau să mă duc în pat, nu vreau, nu vreau...

— Ascultă, tatăl tău are dreptate. Trebuie să mergi la culcare.

— Nu, a suspinat el.

M-am uitat la Edward; nu mai putea, nu mai avea energie să se lupte. Aveau nevoie de o mână de ajutor și eu eram acolo...

— Vrei să vin cu tine, ca data trecută?

M-a strâns și mai tare: răspunsul lui era clar.

— Să mergem.

A pornit spre etaj fără o privire pentru tatăl lui.

— Uiți ceva! l-am readus la ordine.

S-a răsucit pe călcâie și a alergat în brațele lui Edward. I-am lăsat singuri și am urcat în cameră. Am auzit pașii lui mici pe scară și cum se spală pe dinți. În timpul ăsta, am aprins veioza, am aranjat așternuturile pe patul care nu fusese făcut și am scos eșarfa mamei lui, ascunsă sub saltea. Când a intrat în cameră, s-a băgat sub plapumă. Am îngenuncheat lângă pat și l-am mângâiat pe frunte și pe față.

— Declan, tata face tot ce poate pentru tine... știe că te simți rău... trebuie să-l ajuți, e complicat ce-ți cer... dar trebuie să-l lași să doarmă în patul lui. Ești un băiețel curajos... tatăl tău nu te va părăsi niciodată... Când dormi, este întotdeauna acasă... Îmi promiți că încerci?

A dat din cap.

— Vrei să-ți cânt cântecul de leagăn?

— Când te întorci?

Am lăsat capul pe umăr schițând un zâmbet.

— Nu știu... nu pot să-ți promit nimic.

— O să ne mai vedem?

— Într-o zi... Acum, dormi.

Am cântat cântecul de leagăn de mai multe ori continuând să-l mângâi pe păr. Ochișorii lui au luptat un timp înainte să se închidă. Era epuizat și el. Când am simțit că se liniștise, l-am sărutat pe frunte și m-am ridicat. Înainte să închid ușa, l-am mai privit o dată și am oftat.

În living dispăruse orice urmă a cinei, ușa cu geam era întredeschisă, focul ardea în șemineu, Edward stătea rezemat de marginea lui cu o țigară în gură și emana o tensiune extremă.

— Doarme, am șoptit. Am încercat să-l fac să înțeleagă că și tu trebuie să dormi în patul tău.

A închis ochii.

— Nu voi putea niciodată să-ți mulțumesc îndeajuns.

— Nu este nevoie... dar dacă ai niște bere Guiness în frigider, n-aș refuza. Aș bea bucuroasă una înainte de a mă întoarce la Paris.

— În Franța nu poți să bei? a râs el.

— Sunt sigură că nu are același gust ca aici.

Câteva minute mai târziu îmi dădea o bere. Nu am ciocnit. Edward s-a așezat pe canapea. Eu am rămas lângă șemineu și am aprins o țigară. Făceam astfel încât să nu mă uit la el, deși simțeam că mă privește. Am remarcat un catalog pe o etajeră. Curiozitatea a fost mai puternică. E al tău?

— Exact.

— Pot?

— Dacă îți face plăcere.

Am aruncat mucul de țigară în foc, am pus cana de bere pe măsuța joasă, am înșfăcat obiectul curiozității mele și m-am așezat într-un fotoliu în fața lui. Am început să răsfoiesc albumul cu cea mai mare precauție. Primele fotografii m-au lăsat fără grai.

— Sunt cele de pe insula Aran, de la început?

— Ai o memorie bună.

Stomacul mi s-a strâns când mi-am recunoscut silueta într-una dintre ele.

— Cum aș putea să uit? am spus încetișor.

Mi-am continuat explorarea. Starea lui de spirit era palpabilă în fiecare clișeu. Aveam impresia că spunea o poveste, că albumul lui era un foto-roman în sensul literal al termenului. Începutul era luminos, aerisit, se respira în peisajele pe care te făcea să le descoperi. Dar după aceea, atmosfera devenea mai apăsătoare: cerul era întunecat, acoperit de nori negri, marea dezlănțuită, vapoarele zguduite de furtună. Și apoi, treptat, era ca și cum plămânii se deschideau din nou, o rază de soare atingea marea, înainte să lumineze cerul. Ultima fotografie reprezenta umbra unei siluete de copil, cu valurile scăldând picioarele protagonistului, sau mai degrabă ar trebui să spun ale lui Declan. Catalogul lui Edward era povestea lui, ceea ce trăise în acele ultime luni. Ca și cum, prin intermediul fotografiilor, ar fi căutat să se exorcizeze de încercări și să închidă o pagină. Complet absorbită de această „lectură", nu remarcasem că el se ridicase și se dusese iarăși lângă șemineu, cu spatele la mine. Am pus catalogul la loc și mi-am băut berea ca să-mi revin din emoții. Mi-am luat inima-n dinți și m-am apropiat de el.

— Edward... îmi pare rău că am plecat așa brusc. Nu a fost corect față de tine. Iartă-mă...

S-a întors și și-a ațintit ochii într-ai mei.

— Să nu-ți pară rău, a început el dur. Este un lucru bun că l-ai cunoscut pe fiul meu, îmi știi prioritățile acum. Tu ți-ai construit o viață nouă cu Olivier și asta mă bucură.

Vocea i-a cedat ușor, mie mi s-a pus un nod în gât. Privirea i-a devenit mai intensă, tonul i s-a îmblânzit când a urmat:

— Ai luat o hotărâre bună la vremea aceea. Declan e aici... noi nu aveam un viitor împreună.

Avea dreptate de la cap la coadă: ne-am fi despărțit până la urmă. Au trecut mai multe secunde fără să ne mișcăm. Am respirat adânc.

— Se face târziu, ar fi bine să plec acum.

— Ne-am spus tot.

— Cred... da.

M-a urmat până la ușă.

— Vin cu tine la mașină.

— Dacă vrei.

O rafală de vânt ne-a lovit; era întuneric beznă. Am deschis portiera și mi-am aruncat poșeta pe bancheta din dreapta.

— O să te ținem la curent în privința lui Abby, prin Judith.

— Mulțumesc... Ai grijă de tine, Edward.

— Am să încerc...

Am urcat în mașină fără să mai adaug nimic. Am schimbat o ultimă privire: se sfârșise. A aprins o țigară și a așteptat să plec înainte să intre în casă.

Abby și Jack se culcaseră când am ajuns acasă la ei. Am urcat în camera mea, mi-am făcut în liniște valiza și m-am culcat știind prea bine că somnul va întârzia să vină. Ușurarea și tristețea își disputau primul loc în ierarhia emoțiilor mele. De-acum situația era clară între mine și Edward: tăiasem cordonul care mă lega de el. Bucuria de a-l regăsi pe Olivier compensa acest sentiment de neîmplinire. Povestea mea cu Edward era o non-poveste. În cele din urmă am adormit.

Trezirea a fost dificilă; melancolia m-a cuprins de îndată ce-am deschis ochii. După ce am făcut duș și m-am îmbrăcat, am strâns cearșafurile de pe pat ca să le pun în mașina de spălat. Când camera a fost aranjată, am coborât cu geanta de voiaj în mână. Abby m-a întâmpinat cu un zâmbet larg și cu un mic dejun copios. Am să mă străduiesc pentru ea, în cel mai rău caz voi vomita pe drum. Am sărutat-o pe amândoi obrajii.

— Ați petrecut o seară plăcută? am întrebat-o.

— Bineînțeles. Dar tu, cu Edward și Declan?

— A fost foarte bine.

— Nu vrei să vorbești despre asta?

— Nu este mare lucru de spus...

— Te înțelege, a intervenit Jack. Nu-i așa, Abby?

— Acum vino să prinzi puteri pentru drum, mi-a spus ea luându-mă de braț. Degeaba am încercat să fim veseli la această ultimă masă împreună, a fost un eșec. Ai nevoie de ceva pentru drum? De mâncat? De băut?

— Îți mulțumesc, Abby, dar nu... Plec... cu cât așteptăm mai mult, cu atât va fi mai rău...

Jack s-a ridicat primul. Mi-a luat bagajele și a ieșit. Abby și cu mine ne-am privit.

— Mă ajuți, scumpa mea?

M-am dus iute de cealaltă parte a mesei ca s-o iau de braț. În timp ce mergeam, mă bătea ușor peste mână. Îmi rețineam lacrimile. Mașina a sosit prea repede. Jack s-a apropiat de mine și și-a deschis larg brațele.

— Micuța mea franțuzoaică, a oftat strângându-mă la piept. Ai grijă de tine.

— Promit, am suspinat.

— Ea te așteaptă.

Mi-a dat drumul și a scos din buzunar o batistă uriașă cu care și-a șters ochii și nasul. Eu m-am întors către Abby, care m-a mângâiat pe obraz.

— Ne-am spus totul, fetița mea.

Am dat din cap, incapabilă să rostesc cel mai mic cuvânt.

— Promite-mi un ultim lucru: să nu fii tristă când eu nu voi mai fi aici, să nu plângi. Să nu ne stricăm reîntâlnirea, am avut timp să ne pregătim.

Am ridicat ochii la cer înainte să îi șterg și să respir adânc.

— Nu mă face să mint când le voi spune lui Colin și Clarei că ești bine, că ești fericită și că pot fi mândri de tine. Ai înțeles?

În chip de rămas-bun și de promisiune, am strâns-o tare în brațe și i-am șoptit la ureche că o iubesc ca pe o mamă. Ea m-a mângâiat pe obraji, cu lacrimi în ochi, înainte să îmi dea drumul. Am sărit în mașină fără să mă mai uit la ei și am plecat fără să întorc capul. Am mers vreo zece kilometri până m-am oprit pe marginea drumului ca să plâng pe săturate.

E de mirare cum am reușit să ajung până la aeroportul din Dublin fără să provoc vreun accident. N-am încetat să plâng în timpul celor patru ore de mers, plângeam încă atunci când am înapoiat mașina în locul de unde o închiriasem, când mi-am înregistrat bagajele, când am trecut prin controlul de securitate, când i-am scris lui Olivier un mesaj după ce m-am așezat la locul meu în avion. Când am decolat, am avut sentimentul că eram sfâșiată, că eram smulsă din pământul meu. Cu toate acestea m-am străduit să mă calmez. Bărbatul care mă aștepta la Paris nu merita să mă vadă în starea aceea. Ca să-mi iau o față cât mai senină cu putință sau, ar trebui să spun, cel mai puțin buhăită posibil, am coborât printre ultimii pasageri, am făcut o oprire la toaletă, unde m-am stropit cu apă rece și m-am machiat, înainte să-mi iau valiza de pe banda rulantă. Porțile vămii s-au deschis; el era acolo, zâmbitor, liniștitor, gata să mă primească. Am alergat și m-am aruncat în brațele lui, nu pentru a mă forța sau a simula bucuria, ci pentru că voiam să mă aflu acolo. Durerea despărțirii de Mulranny nu m-a părăsit, nu mă va părăsi niciodată, știam, dar respiram un pic mai bine lângă Olivier.

Opt

Viața și-a reluat cursul de a doua zi dimineață. Dormisem la Olivier, noaptea fusese benefică. M-a însoțit acasă și mi-a dus geanta de voiaj până sus, în timp ce eu m-am dus în cafenea. Nu fusese nevoie să-i cer să mă lase singură, înțelesese. Prima ușurare: totul era intact. Félix nu stricase nimic în lipsa mea și era curat. Probabil îi fusese al naibii de greu să-și asume responsabilitatea și fără îndoială avea să ceară o vacanță sau o primă! A doua ușurare și nu cea mai mică: mă simțeam bine acolo și eram entuziasmată la ideea de a-mi relua munca. Sejurul în Irlanda nu rupsese legătura dintre mine și cafenea.

Olivier a bătut în ușa din spate, m-am dus să-i deschid.

— Mulțumesc, i-am spus înainte să-l îmbrățișez. Ai timp să bei o cafea cu mine?

— Ce întrebare!

Ne-am instalat la bar, unul lângă altul. Olivier m-a întors spre el, m-a mângâiat pe obraz și mi-a luat o mână.

— Ești bine?

— Da, stai liniștit.

— Deci nu regreți?

— Nicio secundă.

— Cu atât mai bine... Și băiețelul?

— Oh... Declan... M-am descurcat mai bine decât credeam.

— Poate pentru că îl cunoșteai pe tatăl lui.

— Și toată familia... Nu știu... Este lipicios... În sfârșit... O să mai sufere. Abby a luat locul bunicii lui... Când ea va pleca...

Vocea mi-a cedat.

— Nu te mai gândi la asta.

— Ai dreptate.

— Principalul este că ai reluat legătura cu prietenii tăi. Acum, îți revine ție datoria să menții această legătură.

Și-a terminat cafeaua și s-a pregătit să plece.

— Nu mai am de ales!

Lipită de el am mers până în stradă.

— Vrei să mergem la film diseară? mi-a propus.

— De ce nu! Dar dormim la mine.

— O.K.

M-a îmbrățișat și a plecat spre cabinetul lui.

După cum îmi închipuiam, Félix și-a rezervat pentru el o parte din zi. A venit fără să se grăbească pe la ora 15.

— Patroana pune clienții pe fugă! Era mai multă lume când mă ocupam eu.

— Și eu mă bucur să te văd, Félix!

A lipit un sărut pe obrazul meu, s-a servit cu o cafea și și-a pus coatele pe bar privindu-mă.

— Ce faci? l-am întrebat.

— Evaluez situația...

— Verdictul?

— La exterior, treci de controlul tehnic. Probabil ai plâns așa de mult ieri că ai căzut ca o balegă în pat. Ceea ce-ți permite să-ți arăți culorile și nu ochii umflați. La interior, dimpotrivă... este mai puțin sigur că te afli în stare de funcționare...

— Într-adevăr, n-am să-ți ascund că a fost cumplit să-i spun lui Abby la revedere. N-o voi mai vedea niciodată... înțelegi asta? El a dat din cap. Cât despre restul, sunt în plină formă, am luat aer, m-am îmbătat împreună cu Judith. Pe scurt, doar fericire!

— Și Edward?

— Ce-i cu Edward? Se descurcă așa cum poate, am lămurit totul. Ăsta este un lucru bun.

— Vrei să spui că n-ai sucombat pentru a doua oară în fața farmecului său aspru și sălbatic!

— Félix, este tată.

— Tocmai. Vreau să mă transform în doică, trebuie să fie al naibi de sexy cu puștiul lui!

Am ridicat ochii la cer.

— Uiți un amănunt: îl am pe Olivier, îl iubesc pe Olivier.

— Bună precizare, acum sunt liniștit!

În săptămânile care au urmat, viața cotidiană și-a reluat mersul; cafeneaua funcționa la înălțimea speranțelor mele, Félix era în plină formă, iar eu mă simțeam bine cu Olivier. Și încă un lucru: o dată pe săptămână vorbeam la telefon cu Abby și cu Judith. Iar asta mă umplea de bucurie, ca și cum ar fi compensat o lipsă.

Stăteam în fața televizorului, acasă la Olivier. Moțăiam în brațele lui, deloc interesată de filmul care pe el îl captiva.

— Du-te să te culci, mi-a spus în cele din urmă.

— Nu te superi?

— Ce prostie!

L-am sărutat pe gât și am trecut prin baie înainte să mă bag în pat. Nu adormisem de tot când Olivier s-a strecurat la rândul lui sub plapumă și m-a tras spre el.

— Nu te-ai uitat până la sfârșit?

— Îl știam deja. Ai pus ceasul să sune?

— La dracu'!

— Ce-i?

— Iar mi-am uitat geanta pe bar în cafenea. Trebuie să trec pe la mine să mă schimb înainte să deschid.

Am luat telefonul de pe noptieră și am pus alarma cu douăzeci de minute mai devreme. Încă bombăneam când m-am culcat la loc.

— Diane?

— Da.

— N-am putea să căutăm un apartament?

— Vrei să locuim împreună?

— S-ar putea spune și așa! Oricum, petrecem toate nopțile împreună și am trecut de vârsta la care golești un sertar pentru celălalt.

— Știi că în general femeile sunt cele care cer asta?

— S-a exprimat latura mea feminină! Ce spui?

— Poate că ai dreptate...

De ce să mai amânăm această nouă etapă?

S-a aplecat peste mine, sincer surprins, cu un zâmbet larg pe buze. Îi făceam pe plac...

— Vorbești serios? Vrei să locuiești cu mine?

— Da!

M-a sărutat, apoi și-a sprijinit fruntea de a mea. Tot mai aveam impresia că eram un lucrușor fragil, atât de atent se purta cu mine.

— Aș fi crezut că nu ești pregătită... O să căutăm un loc pentru noi.

— O să fie bine...

Câteva zile mai târziu, Olivier era în cafenea, răsfoind ofertele și sunând la agențiile imobiliare din cartier. Sublinia, făcea liste, se enerva din cauza anunțurilor neserioase și se entuziasma când stabilea o vizită. Sarcina lui era grea; își pusese în cap să găsească un apartament în cartier... pentru mine, ca să-mi ușureze lucrurile.

— Avem o problemă! a declarat.

— Care?

— Toate vizitele au loc sâmbăta viitoare.

— Ah...

— Chiar așa!

Am avut același reflex: ne-am întors către Félix, care înfuleca bomboană după bomboană. Trecuse la regimul „mă las de fumat" fără intenția de a renunța la țigări. „Anticipez, mă pregătesc", îmi spunea, foarte convins. Când a băgat de seamă că îl priveam, a ridicat o sprânceană și și-a aruncat o bomboană în gură.

— Ce puneți voi la cale acolo?

— Va trebui să-i faci un serviciu Dianei.

— Asta se plătește...

— Félix, te rog, am insistat. Vizităm apartamente sâmbătă.

— *No problem!* Luați-vă tot timpul care vă trebuie ca să vă alegeți cuibul! Dacă ea tot își părăsește vizuina! Gata, acum o șterg!

A înfulecat o ultimă bomboană după care a venit să-l ia în brațe pe Olivier.

— Dacă n-ai fi existat, nu știu ce m-aș fi făcut cu ea pe cap!

— Ei, ajunge! m-am enervat.

— Te iubesc, Diane!

A plecat țopăind.

— Ar trebui să ne găsim fericirea, i-am spus lui Olivier.

— Sper! Chiar ești sigură pe tine?

— Da!

— N-o să-ți lipsească faptul că nu mai locuiești aici?

— Bineînțeles că da... Dar vreau să fac un pas înainte cu tine.

L-am sărutat aplecându-mă peste tejghea. Trebuia că continui să depășesc etape, chiar dacă uneori îmi spuneam că lucrurile merg prea repede; acceptasem poate din comoditate și cu ușurință, pentru că doream ca lucrurile să rămână simple, fără conflict și nu voiam să fac un pas înapoi. Era o interdicție pe care mi-o impuneam. Mă simțeam bine cu Olivier, totul era calm, așezat.

A doua zi seara, când a venit, mă pregăteam să-i telefonez lui Abby. A trecut în spatele barului ca să mă sărute.

— Ai avut o zi bună? l-am întrebat.

— Foarte bună. Închizi curând?

— Înainte vreau să o sun pe Abby.

— Sigur.

— Ia-ți o bere.

Nu mă ascundeam ca să sun în Irlanda. Știa că țineam la Abby și că aveam nevoie să-i vorbesc. Nu devenea bănuitor. M-am așezat aproape de casă și mi-am rezemat coatele pe tejghea. Olivier s-a instalat de partea cealaltă și a răsfoit o revistă. Am format numărul lui Abby și Jack, pe care îl știam pe dinafară. Un timp care mi s-a părut interminabil s-a scurs până când a răspuns cineva.

— Da!

Nu era nici Abby și nici Jack. Un frison m-a străbătut pe șira spinării.

— Edward... sunt Diane.

Cu coada ochiului l-am văzut pe Olivier ridicând ușor nasul din revistă.

— Ce mai faci? m-a întrebat el după lungi secunde de tăcere.

— O... bine, și tu?

— Merge...

Am auzit în spatele lui vocea lui Declan și am zâmbit.

— Și fiul tău?

— Mai bine... De fapt... îl învăț fotografia...

— Serios? E minunat... Eu...

Preferam să mă întrerup, mai degrabă decât să spun cu voce tare că mi-ar plăcea să-i văd pe amândoi cu aparatele lor. Această dorință venea din străfundul meu și m-a surprins prin violența ei.

— Cine e, tată?

Edward a oftat în telefon.

— Diane.

— Vreau să vorbesc cu ea! Diane! Diane!

— Edward, spune-i că-l îmbrățișez, nu pot să stau mult. Abby e acolo?

Simplă măsură de protecție: în realitate, aveam tot timpul.

— S-a culcat, dar o să ți-l dau pe Jack. Pe curând.

În timp ce vorbeam cu Jack l-am auzit pe Edward liniștindu-l pe Declan, care nu înțelegea de ce era singurul care nu vorbise cu mine. Tatăl lui îi spunea că mă grăbeam și că eram cu familia mea la Paris. Acest lucru a repus distanța și lucrurile la locul lor. Am încetat să-i mai ascult și m-am concentrat pe vești. Jack m-a informat că Abby era foarte obosită de mai multe zile. În vocea lui simțeam neliniștea, dar și resemnarea.

— Am să-i spun că ai sunat, o să mă certe că nu am trezit-o. Apelurile tale îi fac mereu mult bine.

— Voi mai încerca și mâine. Îmbrățișeaz-o din partea mea. Te îmbrățișez strâns, Jack.

— Și eu pe tine, micuța mea franțuzoaică.

Am închis. Pentru prima oară de la întoarcerea mea, cu ceva mai mult de o lună în urmă, voiam să fiu în altă parte. Aș fi vrut s-o veghez pe Abby.

— Diane?

— Dormea, se pare că nu se simte prea bine. Am oftat. Am să sun din nou mâine, poate voi avea mai mult noroc... Vorbește-mi despre apartamente, asta o să mă distragă!

A doua zi, când am vorbit cu Abby, am avut un presentiment rău. Sigur, era mai puțin slăbită decât îmi închipuiam, dar a folosit minute bune ca să mă sfătuiască: „Lasă timpul să lucreze, zâmbește, nu plânge, ascultă-ți inima", spunându-mi întruna cu duioșie și iubire „fetița mea" la fiecare frază.

Sâmbăta a sosit repede. Maratonul vizitelor a început de dimineață și m-a epuizat. Am văzut și bune, și rele. Olivier își asumase sarcina să se ocupe de documente, eu mă mulțumisem să i le dau pe cele care mă priveau pe mine. Se străduia să ne facă reclamă pe lângă proprietari, în timp ce eu rătăceam în potențial viitoarea noastră casă. A fost foarte încântat de un apartament de pe strada Temple și entuziasmul lui plăcea vederii. Nu aveam nimic de obiectat, era perfect: două camere cu un micro-balcon și o vedere degajată, o bucătărioară separată și o baie refăcută complet, cu un duș după moda italiană. Și, spre marea bucurie a lui Olivier, era disponibil imediat. M-a luat de braț și m-a dus într-un colț al salonului.

— Ce spui?

— Ne-ar fi bine aici.

— Nu este prea departe de cafenea?

— Pot totuși să merg zece minute pe jos!

Îndoiala i se citea pe chip. I-am luat dosarul din mână și i l-am dat agentului imobiliar.

— Când credeți că ne puteți da un răspuns din partea proprietarului?

— Săptămâna viitoare.

— Foarte bine, așteptăm telefonul dumneavoastră.

L-am luat de mână pe Olivier, am mai aruncat o privire prin living și am pornit spre lift.

— Vezi? S-a rezolvat!

L-am îmbrățișat din toată inima, dar și ca să fac să tacă o urmă de angoasă care dădea să apară. Am mers în liniște spre cafenea, ținându-ne de mână, vorbind despre mutarea noastră, ca un cuplu normal. Când am ajuns, Olivier a primit un telefon de la un prieten și a rămas pe trotuar ca să răspundă. Înainte să suport interogatoriul lui Félix, mi-am pus o cafea.

— Am depus un dosar, ar trebui să aflăm repede dacă e bine.

— Uau, nu-mi vine să cred. Îți iei zborul!

— Mda!

S-a uitat la mine.

— Ești mulțumită?

— Este un pic ciudat. Am să locuiesc cu un bărbat care nu este Colin.

— Adevărat, dar îl iubești.

— Exact.

Când Olivier ni s-a alăturat, cu un zâmbet larg pe buze, și a venit să mă sărute, mi-am spus că ar trebui să încetez de a mă tortura cu o mie de întrebări: eram pregătită pentru el. Îmi găsisem în sfârșit liniștea.

Mi-am repetat asta încă o dată în aceeași seară. Eram invitați la cină la prietenii lui — tinerii părinți. Gângurelile mi-au pus nervii la încercare încă din prima secundă. Imaginea aceasta de familie perfectă îmi era de nesuportat și știam de ce. Mă ducea cu gândul la ceea ce alcătuisem împreună cu Colin și cu Clara. Erau nepăsători, învăluiți în fericirea lor, nu se gândeau nicio secundă că totul ar putea să se năruiască. Viața îmi scosese în cale un bărbat care nu era preocupat de paternitate și de transmiterea patrimoniului său genetic. Aveam tot ce-mi trebuia. Cu toate acestea, am realizat că preferam compania persoanelor încercate de viață — asta mă emoționa, era ca o lovitură de bici.

După ce bebelușul a fost culcat, am putut să mă destind și să profit de seară fără să mă chinuie gândurile. Măcar nu dădusem peste niște părinți care își țin în permanență copilul în brațe. Olivier și-a luat sarcina de a face marele anunț în privința noastră. Ei s-au bucurat sincer și am ciocnit pentru noul nostru apartament. Apoi au propus să ne ajute la căratul bagajelor. Olivier exagerase: două mutări în mai puțin de șase luni, era un abuz!

Drept compensație, am promis să fac cinste tuturor. Am început să mă agit, Olivier a observat și s-a aplecat spre mine.

— Du-te să fumezi, nimeni n-o să se supere.

— Mulțumesc...

Mi-am luat țigările și telefonul din geantă, scuzându-mă față de toți. A trebuit să cobor în stradă ca să-mi iau doza de nicotină. Judith încercase să mă sune. A răspuns de la primul apel.

— Cum îți petreci seara de sâmbătă?

— Cinez la niște prieteni ai lui Olivier. Sărbătorim viitorul nostru apartament!

— Ce? Te muți cu el! Înseamnă că este chiar ceva serios?

— Așa se pare... Și tu, ce ai în program pentru astă-seară?

— Unde vrei să fiu? Am râs. La Temple Bar, petrec astăzi, mi-a spus ea, confirmându-mi bănuielile.

— Grozav, asta înseamnă că totul e bine?

— Da, deși Abby a fost obosită în ultimele zile și ne-am speriat. O spaimă pentru nimic.

— Ai dreptate să profiți. Bea o bere și pentru mine!

— Nu doar una, fii sigură. Pe curând!

În timp ce închidea, a comandat o bere într-o hărmălaie veselă de pub. Asta mi-a făcut poftă. Am urcat din nou să-mi reiau locul la masă.

Am primit răspuns pozitiv în privința apartamentului. Trebuia să semnăm contractul de închiriere o săptămână mai târziu și între timp să luăm cheile. Eram prinsă într-un vârtej, îl urmam pe Olivier, care continua să se ocupe de tot. Reușea să concentreze mai multe zile într-una singură, jonglând cu consultațiile lui, hârtiile noastre administrative și pregătirile pentru mutare, în timp ce mie cafeneaua îmi ocupa tot timpul. Ai fi zis că implicarea mea în muncă se dublase: mă gândeam în permanență la cafenea, acolo îmi petreceam toate serile, întârziind în fiecare zi un pic mai mult. Oare nu mă refugiam în ea ca să fug de adevăratele mele probleme? Cafeneaua era pentru mine acasă, era locul meu, locul în care îmi revenisem. Evitam cu grijă orice discuție cu Félix. Avea talentul să pună degetul acolo unde doare. Orice repunere în discuție era exclusă.

În lunea aceea ne-am petrecut toată seara împachetând la Olivier acasă. Pregătirea mutării seara, după muncă, avea un avantaj: nu-mi lăsa timp să mă gândesc mai mult la angajamentul pe care mi-l luam față de el. Era evident că-mi lipseau înflăcărarea și ardoarea lui la ideea de a locui împreună. Valuri de amintiri irumpeau: fusesem atât de surescitată să mă mut cu Colin, pe vremuri, nu mă gândeam decât la asta, eram obsedată. Astăzi eram totuși sigură că îl iubeam pe Olivier îndeajuns de mult ca să merg până la capăt. Trebuia să accept că mă maturizasem, că iubirea de la douăzeci și cinci de ani nu se compară cu cea de la treizeci și cinci, mai ales atunci când ai avut deja o viață de familie.

Și unul, și altul am căzut lați seara. Dar somnul ne-a fost tulburat de mobilul meu care a sunat în plină noapte. Pe dibuite, l-am luat de pe noptieră. În ciuda ochilor pe jumătate închiși, am citit „Judith" și am înțeles. Când am răspuns, i-am auzit mai întâi plânsul și după aceea vocea.

— Diane... s-a sfârșit...

— Judith dragă...

Am ascultat-o povestind că Abby nu suferise, zâmbise până în ultima clipă și adormise liniștită cu două zile în urmă, în brațele lui Jack. El era depozitarul recomandărilor ei pentru fiecare dintre noi: Judith, Edward, Declan și eu. Să aud că fusesem în gândurile lui Abby până la sfârșit m-a făcut să vărs prima lacrimă.

— Îmi pare rău că te sun așa de târziu, dar n-am găsit timp decât acum. Am pregătit totul...

— Nu-ți face griji. Unde ești?

— La ei acasă, nu vreau să-l las singur pe Jack. Iar Edward se ocupă de Declan.

— Încearcă să dormi, te sun mâine. Aș vrea să fiu cu tine...

— Știu... ne lipsești tuturor...

A închis. M-am așezat pe pat și am început să hohotesc. Olivier m-a luat în brațe ca să-mi liniștească tremurul. Mă așteptam la plecarea lui Abby, știam că va pleca. Dar durea atât de rău să mă gândesc că nu va mai dirija cu o baghetă magică mica ei lume, că nu-și va mai face griji pentru nimeni. Jack își pierduse jumătatea.

— Îmi pare rău, a șoptit Olivier. Ce pot să fac pentru tine?

— Nimic. M-a sărutat pe frunte, m-a legănat la piept, totuși mă simțeam singură, nu acolo voiam să fiu. Trebuie să-l sun pe Edward.

M-am desprins din brațele lui Olivier, m-am dat jos din pat, am pus un pulover pe mine și m-am dus în living formând numărul lui Edward. A răspuns de la primul apel.

— Diane, a respirat în aparat. Așteptam telefonul tău...

Aveam nevoie să te-aud, am gândit eu.

— Sunt aici...

Am perceput sunetul brichetei și primul fum pe care l-a tras. Eu am făcut la fel. Fiecare în țara lui, am fumat împreună o țigară. Auzeam vântul.

— Unde ești? l-am întrebat.

— Pe terasă.

— Și Declan?

— Abia a adormit.

— Când e înmormântarea?

— Poimâine.

— Așa repede!

— Jack nu vrea să se tărăgăneze lucrurile... e pregătit.

— Am să vin...

— Nu poți să lași totul ca să fii cu noi, chiar dacă am...

— Locul meu e lângă voi și nimeni nu va putea să mă împiedice să vin.

— Mulțumesc... Declan s-a trezit, plânge...

— Sună-mă din nou după ce adoarme la loc, nu contează ora, voi răspunde. O să caut un bilet de avion.

— Diane... eu...

— Du-te la fiul tău.

Am închis, apoi m-am uitat fix la telefon secunde lungi până să-mi dau seama că Olivier venise în cameră și avusese grijă să-mi aducă o scrumieră. Nici măcar nu-l remarcasem.

— Pot să-ți împrumut calculatorul?

— Ce vrei să faci?

— Trebuie să găsesc un bilet de avion pentru mâine.

— Ce?!

— Locul meu este la înmormântarea lui Abby. Nu mi-o voi ierta niciodată dacă nu mă duc.

— Înțeleg...

S-a dus să-mi aducă laptopul și s-a așezat lângă mine, pe canapea.

— Du-te să te culci.

— Diane, lasă-mă să fac ceva pentru tine.

M-am agățat de gâtul lui. Îmi părea rău că îi impuneam asta, că îi dădeam planurile peste cap, dar era ca o chemare. Viața mea tocmai fusese suspendată. Și nimic, nici cafeneaua, nici Olivier, nici Félix nu puteau să lupte împotriva acestui elan.

— Nu poți să faci nimic, îmi pare rău. Nu face o noapte albă din cauza mea.

A dat din cap, m-a sărutat și s-a ridicat.

— Nu voi dormi cât timp nu vei fi cu mine, dar am să te las în pace, dacă asta vrei.

— Iartă-mă.

Nu a răspuns. L-am urmărit din priviri cum se ducea înapoi în cameră lăsând ușa deschisă. Căutându-mi biletul de avion, nu mă gândeam decât la Edward care trebuia să lupte împotriva spaimelor nocturne ale lui Declan. Tocmai îmi plătisem biletul când mi-a sunat telefonul. Edward...

— Gata, doarme.

— Și tu ar trebui să faci la fel.

— Și tu!

Am zâmbit.

— Am biletul, sosesc mâine seară la ora 20, voi veni direct, fără să întârzii.

— Nu e prudent, o să vin să te iau.

— Ce tot spui? Am închiriat deja o mașină, am să fac ca de obicei. Pot să mă descurc ca un adult. Dacă există cineva care nu mă superprotejează, tu ești acela, așa că nu începe!

— Nu se discută. Voi veni.

— Doar n-ai să traversezi țara cât e ziua de lungă. Și Declan? O să fie îngrozit să te vadă plecând.

— Dacă îi spun că e pentru tine, o să mă lase să plec... Judith va fi cu el și ei îi va face bine să se îndepărteze câteva ore de Abby. Voi pleca la sfârșitul după-amiezii, la miezul nopții vom fi înapoi.

— Ești caraghios.

— Te rog, Diane. Lasă-mă să vin după tine la aeroport, am nevoie să iau aer, să respir.

Cererea lui de ajutor m-a tulburat.

— Prea bine... Acum du-te să dormi.

— Pe mâine.

A închis. Mi-am luat timp să fumez o țigară, aveam nevoie de asta ca să realizez că plecam a doua zi la Mulranny să asist la înmormântarea lui Abby. Cu toate acestea, în străfundul meu, știusem întotdeauna că, în ziua în care se va întâmpla, mă voi întoarce. Chiar dacă m-aș pune în pericol. Corpul meu se afla la Paris, dar sufletul îmi era deja acolo. Când m-am întors în cameră, n-am putut decât să constat că Olivier nu dormea; mă aștepta, cu un braț îndoit sub cap. A dat la o parte plapuma pentru mine, m-am strecurat sub ea și m-am ghemuit în el; a strâns brațele în jurul meu.

— Pentru cât timp pleci? a șoptit.

— Trei zile. Nu-ți face griji, ne vom muta la data stabilită.

— Nu asta mă îngrijorează...

— Atunci, ce?

— Tu.

— Nu e cazul, n-am să mă prăbușesc. Moartea lui Abby nu are nimic de-a face cu ce am trăit, eram pregătită pentru ea. Și am de gând să respect promisiunea pe care i-am făcut-o, să nu plâng și să-mi continui viața.

— Într-adevăr?

Nu i-am răspuns. M-a ținut în brațe toată noaptea. Somnul m-a cuprins până la urmă și am reușit să dorm câteva ore. Când am deschis ochii, conștiința pierderii lui Abby mi-a tăiat respirația o clipă. M-am străduit să lupt împotriva durerii. Trebuia să fac treburile zilei, să-mi pregătesc absența și să-l liniștesc pe Olivier, a cărui expresie îngrijorată nu făcuse decât să crească peste noapte. Nu m-a slăbit din ochi cât timp am luat micul dejun.

— La ce oră decolezi diseară?

— La 19.

— O să văd cum fac să vin cu tine.

— Nu-ți anula programările din cauza mea.

— Țin s-o fac, nu încerca să mă împiedici.

O jumătate de oră mai târziu mă lăsa la cafenea. Am deschis și m-am apucat de treabă imediat, în loc să stau de vorbă cu clienții matinali, cum făceam de obicei; am pus totul în ordine, m-am asigurat ca Félix să nu ducă lipsă de nimic și mi-am făcut timp s-o sun pe Judith. Avea o voce mai calmă decât data trecută, Edward îi spusese că vin, o simțeam ușurată. Și după aceea mi l-a dat pe Jack, fără să fiu pregătită pentru asta.

— Cum te simți, micuța mea franțuzoaică?

— Nu eu contez, pe tine ar trebui să te întreb asta.

— Totul e bine, am avut timp să ne pregătim. Am un mesaj pentru tine, dar îl știi deja.

— Da, am oftat.

— Mă emoționează că vii, asta o să te ușureze, ai să vezi.

— Pe mâine, Jack.

Umerii mi-au căzut când am închis.

— Ce vrea să însemne: pe mâine, Jack?

Am tresărit auzindu-l pe Félix.

— Plec cu avionul diseară: Abby a murit.

I-am întors spatele și mi-am turnat o cafea.

— Nu poți să faci asta! Nu poți să te duci la o înmormântare în Irlanda.

M-a luat de umeri și m-a silit să-l privesc.

— Nimic nu mă oprește!

— Ba tocmai, totul! N-ai să poți suporta! Drace! Totul merge bine în viața ta, îl ai pe Olivier, ai cafeneaua, ai închis pagina asta. Uită Irlanda și pe locuitorii ei!

— Nu-mi cere imposibilul! Și-apoi, nu face atâta tărăboi, plec trei zile și mă întorc pentru mutare.

— În ce stare?

— Nu mai suport să-și facă toată lumea griji pentru mine, tu, Olivier... Nu vă mai gândiți că am să clachez la prima încercare. Nu mai sunt aceeași, mi-am luat viața în mâini, mi-e bine, știu ce vreau. Și ceea ce vreau, ceea ce-mi dictează inima este să mă duc să-i spun rămas-bun lui Abby și să fiu alături de oamenii pe care îi iubesc.

— Și puștiul, face și el parte dintre oamenii pe care îi iubești?

Atacul lui m-a făcut să dau înapoi și să mă bâlbâi.

— Nu știu... Declan e...

— Fiul lui Edward! Iată cine este!

Mi-am privit picioarele. Félix m-a strivit la pieptul lui.

— Scoți omul din răbdări, Diane. Du-te să-ți pierzi capul și eu te voi recupera.

— Nu va fi nimic de recuperat.

— Nu mai face pe proasta, că nu-ți iese.

Ziua s-a scurs în mare viteză; abia am mâncat ceva și m-am dus să-mi fac geamantanul. Félix era pregătit să asigure serviciul pentru trei zile. Așa cum îmi spusese, Olivier a trecut pe la cafenea ca să mă ducă la aeroport. În chip de la revedere, Félix s-a mărginit la două săruturi apăsate și o privire care spunea „ai grijă ce faci". Am ieșit din cafenea, am făcut trei pași pe stradă ținându-l de mână pe Olivier și m-am întors ca să arunc o ultimă privire cafenelei mele literare. Am parcurs cu privirea fațada, firma... mă îndepărtam încă o dată de refugiul meu... pentru ei, pentru Irlanda...

Drumul până la aeroport l-am făcut în tăcere, Olivier mă ținea lipită de el, sărutându-mă uneori pe păr, mângâindu-mi mâinile. Eram răspunzătoare de tristețea lui și nu-mi plăcea asta. Egoismul devenea o a doua natură pentru mine? Luasem hotărârea fără să mă gândesc la el, nici la ce ar putea să însemne pentru el, fără să mă gândesc o singură secundă să-i cer părerea.

Tocmai mă înregistrasem, eram afară; fumam o ultimă țigară înainte de îmbarcare când mi-a sunat telefonul.

— Da, Edward.

Olivier m-a strâns un pic mai tare lângă el.

— Am pornit la drum și voiam să știu dacă avionul pleacă la timp.

— Așa s-a anunțat.

— Am să te aștept în spatele vămii.

— Foarte bine, voi coborî repede din avion.

— Pe curând.

A închis fără să am timp să-i răspund. M-am întors înspre Olivier, care nu înceta să mă privească, mereu neliniștit.

— Ești supărat pe mine? l-am întrebat.

— Sigur că nu... În realitate, ei sunt un pic familia ta... Nu este vorba pur și simplu că îmi închizi această ușă. Nu pot să am grijă de tine cum aș vrea, asta-i tot.

I-am luat mâinile într-ale mele.

— După ce mă întorc, voi fi cu tine. Stai liniștit.

— Mai vrei să ne mutăm weekendul viitor?

— Da!

M-a luat în brațe și a oftat cu fața în gâtul meu.

— Acum trebuie să pleci.

M-a însoțit până la ultima barieră de securitate.

— Nu aștepta să nu mă mai văd ca să te întorci acasă, bine? Și te rog, nu-ți da programul peste cap ca să vii să mă iei la întoarcere.

A încuviințat și m-a sărutat. Simțeam că-și punea toată dragostea în acest sărut, toată blândețea, toată tandrețea. I-am răspuns cât de bine am putut. Dar eram incapabilă să stabilesc câtă convigere puneam în asta.

Nouă

Am fost prima pasageră care și-a desfăcut centura de siguranță când avionul s-a oprit pe pistă și tot prima care a ieșit din cabina pasagerilor. Și am fost singura care a exclamat un „rahat!" răsunător când mi-am dat seama că trebuia să traversez tot aeroportul. Valiza mea pe role zbura uneori, așa de tare fugeam. Huruitul stârnea curiozitatea călătorilor care, brusc, se dădeau la o parte din calea mea. Refuzam să admit motivul care mă făcea să alerg astfel. În sfârșit porțile de ieșire s-au deschis; Edward mă aștepta de cealaltă parte, rezemat de un zid, cu o țigară stinsă între buze. M-am oprit un timp, el s-a ridicat și s-a îndreptat spre mine. Am terminat drumul reducând la tăcere semnalele pe care mi le trimitea inima. Când am fost față în față, și-a ațintit privirea în ochii mei.

— Mergem? m-a întrebat de formă, luându-mi bagajul din mâini.

— Da.

A făcut pasul care ne despărțea continuând să mă privească. Apoi m-a sărutat pe tâmplă; mi-am ținut respirația și am închis ochii. Când s-a îndepărtat de mine, luând-o înspre parcare, am avut nevoie de mai multe secunde ca să-mi revin și să-l urmez. Frigul tăios m-a izbit. Venise iarna cu vântul ei mușcător și picăturile de ploaie înghețate. Asta ar fi trebuit să-mi redea sângele rece. Mergând, Edward a aprins o țigară și mi-a întins pachetul, aruncându-mi o privire peste umăr. Mi-am interzis să reacționez la atingerea degetelor lui. Nu am pierdut timpul și am pornit la drum imediat ce valiza mea a fost pusă în portbagaj, fără să ne mai spunem un cuvânt. Să mergi în noaptea aceea neagră era atât de amețitor încât mi-am zis că Félix avusese dreptate: îmi voi pierde capul, în pofida scopului călătoriei mele. Uneori frizam inocența. L-am privit pe Edward; ținea volanul cu o mână și mergea repede, sigur pe sine, pierdut în gânduri. Probabil a simțit că mă uitam la el, privirea i s-a desprins de la drum și s-a fixat pe mine. Ceea ce era pe cale să se întâmple era imposibil, interzis. Unde era distanța instaurată cu câteva săptămâni în urmă? Ne-am reluat respirația în aceeași clipă. Soneria telefonului meu i-a readus atenția asupra șofatului. Am înghițit înainte să răspund.

— Olivier, voiam să te sun! Suntem pe drum.

— Bine. Totul e în regulă?

— Da.

— Nu te rețin mult. Transmite-i condoleanțe lui Edward din partea mea.

— Așa am să fac. Te îmbrățișez.

— Diane… te iubesc.

— Și eu pe tine.

M-am simțit rău rostind aceste vorbe. Am închis ochii și am strâns telefonul cu toate puterile. Edward și-a aprins o țigară, eu am făcut la fel. Priveam drumul prin geam.

— Olivier îți transmite condoleanțe.

— Să-i mulțumești… Judith mi-a spus că locuiești cu el.

— Ne mutăm peste patru zile.

Tăcerea și realitatea s-au năpustit asupra noastră. M-am ghemuit pe banchetă, epuizată de emoțiile contradictorii. După o oră, Edward s-a oprit într-un refugiu de pe autostradă.

— Am nevoie de o cafea. Nu are rost să te întreb dacă vrei și tu una... A ieșit din mașină ridicându-și gulerul gecii. L-am urmat câteva minute mai târziu și l-am găsit lângă dozatoare. Căsca să-și rupă fălcile ciufulindu-și părul. Mi-a dat cafeaua în timp ce o aștepta pe-a lui.

— Mergem mai departe? m-a întrebat după ce și-a luat-o.

Nu a așteptat răspunsul meu. Odată afară, și-a expus fața ploii. Asta nu mai putea să continue așa.

— De câte zile n-ai dormit?

— De trei. Stau nopțile cu Declan.

— Dă-mi cheile. Odihnește-te cât timp conduc eu. Nu se discută, cunosc drumul, știu să conduc pe stânga, iar tu trebuie să te odihnești. A băut o înghițitură de cafea după care a dat din cap și mi-a întins cheile. Un râs nebun și nervos ne-a cuprins după ce am urcat în mașină; eram la kilometri de volan. După ce totul a fost reglat pe măsura mea, am pus cheile în contact și m-am întors către el.

— Acum, dormi.

A pus muzică: ultimul album al lui Alt-J și s-a cuibărit pe banchetă. A ridicat mâna spre mine, degetele s-au apropiat de obrazul meu, dar nu au mers mai departe. Am trecut în viteză în timp ce el continua să mă privească. La câteva minute după ce pornisem din nou pe autostradă, a șoptit: „Diane... mulțumesc“.

I-am aruncat o privire, dormea întors înspre mine. Pentru prima oară aveam sentimentul că îl protejez, că am grijă de el. Aș fi vrut să merg fără să mă opresc vreodată, pentru ca el să se odihnească în sfârșit, ca să continui să-l simt liniștit; trăsăturile feței i se destinseseră. Sforăiturile lui mi-au smuls un zâmbet și mi-au arătat că somnul îi era profund, pusese deja stăpânire pe el. Pentru mine, urmau două ore de reflecție. Drumul acesta avusese întotdeauna acest efect asupra mea. La Paris nu ar putea să mi se întâmple asta! Să merg, legănată de muzică și concentrată pe șofat, era ca și cum aș fi fost învăluită într-o bulă. Puteam să profit de situație, iar contextul mă împingea să sap în străfundul sufletului meu. Credeam că am lămurit problema Edward... Cum am putut să fiu atât de proastă? Locul pe care îl ocupa în viața mea era mult mai important decât voiam să admit. Ce atitudine trebuia să adopt în zilele următoare? Să mă las dusă de val? Să mă ascult? Să ridic bariere? Să-mi apăr viața reconstruită de asaltul acestui bărbat care dormea alături de mine? Doar dacă nu preferam să fac pe inocenta și să-mi spun că asta nu se datora decât fragilității noastre în fața morții lui Abby...

Când am trecut de ultimul deal înainte să cobor spre Mulranny, nu ajunsesem la o concluzie, dar trebuia să-l trezesc. L-am strigat încetișor, el și-a dres glasul și a mormăit în somn după care a deschis ochii. Primul său reflex: să-și aprindă o țigară.

— Am ajuns, a constatat, cu vocea mai răgușită ca niciodată.

— Da.

— Dormi la mine.

— Poftim?

— Abby e la ei acasă, m-am gândit că poate nu ai vrea să rămâi lângă ea.

Într-adevăr, era peste puterile mele.

— Îți las camera mea, eu trec din cea a lui Declan pe canapea.

— Nu te deranjează?

— Pe tine ar trebui să te întrebi asta. Dacă preferi, putem să-ți găsim o cameră la B&B.

Exact atunci parcam în fața casei lui.

— Dată fiind ora, mă îndoiesc că putem găsi o cameră... și... prefer să rămân la tine acasă.

Îmi impuneam o foarte grea încercare. Doar dacă nu cumva ascultam de dorința mea cea mai profundă... În clipa când am intrat în casă, Judith cobora cu pași mari pe scară.

— Doarme, i-a spus fratelui ei.

— Mă duc la el. A urcat trei trepte, cu valiza mea în mână, înainte să mi se adreseze: Mulțumesc pentru drum... simte-te ca acasă. Noapte bună!

I-am zâmbit timid și a dispărut. M-am apropiat de Judith și am îmbrățișat-o minute lungi.

— Cum te simți?

— E în regulă, mă descurc. Și-apoi, Jack este atât de puternic.. Ai să vezi mâine... Este minunat... și tu?

— I-am promis lui Abby să nu mă prăbușesc, fac astfel încât să-mi respect promisiunea.

— E bine că ești aici... Familia e completă pentru ea. Trebuie să plec, vreau să mă asigur că Jack se odihnește. Și-a pus mantoul. Apoi m-a privit întrebătoare, cu un ușor zâmbet în colțul gurii. Și faptul că dormi acasă la fratele meu... Te descurci?

— Nu știu, Judith... nu știu.

M-a mai îmbrățișat o dată și mi-a trimis două sărutări înainte să plece. Livingul era cufundat în penumbră, am stins lumina de la intrare și am urcat la etaj. Am văzut raza de lumină de sub ușa camerei lui Declan. Edward îmi lăsase geanta în camera lui. Mai dormisem acolo, atunci când îmi era cât se poate de rău, iar raporturile mele cu el atingeau pragul urii. Epoca aceea mi se părea atât de îndepărtată...

După ce mi-am pus un tricou scurt fără mâneci și niște indispensabili în loc de pijama, m-am așezat pe patul lui Edward. Am rămas în această poziție o jumătate de oră înainte să îmi pun un pulover pe mine și să mă apropii de ușa închisă. Mi-am rezemat fruntea de lemn, apoi m-am îndepărtat rozându-mi unghiile. Am reluat operațiunea de mai multe ori până să mă hotărăsc să o deschid și să înaintez pe culoar. O ultimă oprire în fața camerei lui Declan. O ultimă ocazie să fac drumul înapoi. Apoi am împins încetișor ușa. Edward stătea pe fotoliu și nu-și slăbea fiul din ochi. M-a observat. I-am făcut semn să nu se miște și să tacă. Am mers către patul lui Declan. O bucurie tainică m-a cuprins când l-am văzut; dormea dus, strângând la piept eșarfa mamei lui. Nimic nu m-a împiedicat să îmi trec mâna prin părul lui și să-l sărut pe frunte; voiam să fac asta. Inima mi-a crescut. Sărutul meu l-a gâdilat fără să-l trezească. După aceea, m-am așezat pe jos, lângă fotoliul lui Edward, cu picioarele strânse și bărbia pe genunchi. Am făcut ca el, am vegheat acest copil. În durerea pierderii lui Abby, el reprezenta viața. După câteva minute, mi-am rezemat capul de piciorul lui Edward. Din când în când, mâna lui se plimba prin părul meu. Am pierdut noțiunea timpului.

După o jumătate de oră poate, Edward m-a îndepărtat de el cu delicatețe, s-a ridicat și m-a ajutat și pe mine să mă ridic apucându-mă de mână. M-a scos din camera fiului său și m-a condus până în cea în care mă aștepta patul lui. S-a oprit în pragul încăperii, ținându-mă încă de mână.

— Încearcă să dormi un pic, mi-a spus.

— Și tu?

— O să mă întind pe canapea.

Înainte să-mi dea drumul la mână, s-a apropiat și m-a sărutat lung pe tâmplă. Apoi a coborât pe scară. Am închis ușa și m-am băgat sub plapumă. Am adormit învăluită în cearșafurile și parfumul lui.

Începeam vag să mă trezesc când ușa s-a deschis cu zgomot mare.

— Diane! Te-ai întors! a strigat Declan sărind pe pat. Abia am avut timp să mă ridic în capul oaselor că s-a și aruncat pe mine și s-a agățat de gâtul meu. Sunt așa de fericit!

— Și eu, campionule. Era purul adevăr; nici urmă de angoasă, de dorință de a da înapoi, doar un sentiment de fericire când îl strângeam la piept. Cum te simți? l-am întrebat.

— Bine... Hai să coborâm. Tata ți-a făcut cafea.

M-a tras de braț.

— Fac un duș și vin la voi.

— Bine!

A plecat transmițându-i în gura mare tatălui său mesajul meu. Văzându-l că aleargă în pijama și cu picioarele goale, m-am abținut să-i cer să-și pună șosete și un pulover.

Douăzeci de minute mai târziu, când am intrat în living, am avut un șoc: Edward era îmbrăcat în costum și cu cravată. Am rămas cu gura căscată; preț de o clipă, am uitat-o pe Abby. El, de obicei într-o ținută neglijentă, cu cămașa strâmb încheiată ieșindu-i din blugi, purta un costum gri antracit ca pe o a doua piele și o cravată perfect înnodată în jurul gâtului. Asta îi dădea și mai multă prestanță, dacă mai era nevoie. Probabil figura mea era oarecum comică, pentru că a izbucnit în râs. Am mers cu greu înspre el în timp ce-mi turna o ceașcă de cafea. Am luat-o, am băut o înghițitură fără să-l slăbesc din ochi. El continua să zâmbească scărpinându-se în barbă.

— Ezit să mă rad...

— Nu! Mi-a ieșit ca un strigăt din inimă. Nu ai fi tu, ei nu i-ar fi plăcut, mi-am revenit, știind că puteam să vorbesc în numele lui Abby.

M-am depărtat de el și de zâmbetul în colțul gurii pe care îl afișa și m-am dus pe canapea, lângă Declan și Postman Pat. Declan s-a lipit de mine.

— Cât stai la noi?

— Două zile.

— Doar atât?

— E mai bine decât nimic...

— Da, a oftat el.

Edward m-a strigat și mi-a făcut semn să-l urmez afară. Pauza de lejeritate se apropia de sfârșit.

— Trebuie să mă duc acasă la Abby și Jack, pot să ți-l las două ore pe Declan?

— Sigur că da, o să mă ocup de el, trebuie să se îmbrace. La ce oră este ceremonia?

— La ora 14. Înainte, mâncăm de prânz la Abby și Jack. Vii?

— Dacă se poate, aș prefera să vin direct la biserică.

— Înțeleg.

Să asist la o înmormântare nu va fi lucru ușor, aveam nevoie să mă pregătesc singură pentru asta. Edward a strivit țigara, s-a dus să-i spună la revedere lui Declan și a plecat.

Timpul nostru în doi a trecut foarte repede; l-am spălat pe față, l-am ajutat să se îmbrace și l-am ascultat povestindu-mi în amănunt toate întâmplările de la școală.

Râdeam și ne jucam în living când s-a întors Edward. Trăsăturile îi erau mai încordate decât la plecare, fața îi era gravă. S-a forțat să-i zâmbească fiului lui și am simțit – și mai ales am înțeles – ceea ce tocmai văzuse: punerea în sicriu a lui Abby. Privirile ni s-au întâlnit, am ridicat ochii la cer ca să mă împiedic să plâng.

— Mai este cafea? m-a întrebat.

— Da.

M-am ridicat de pe canapea și m-am dus după el la barul din bucătărie. A strâns pumnii până i s-au văzut venele: era felul său de a-și arăta durerea. I-am mângâiat blând mâinile.

– O să fie bine..., am șoptit.

M-a prins cu delicatețe de mijloc, m-a apropiat de el și și-a îngropat fața în părul meu oftând. Neputincioși în fața a ceea ce ni se întâmpla, aruncam în aer toate măsurile de precauție. Încăperea a devenit ciudat de tăcută, privirea mi-a fugit și a căzut pe Declan, care se uita la noi cu coada ochiului. Probabil Edward și-a dat și el seama, căci s-a îndepărtat brusc de mine.

— Să mergem, Declan, Jack și Judith ne așteaptă.

— Dar Diane...

— Ne vedem la biserică.

— Promiți?

— Voi fi acolo.

Și-a urmat tatăl tot aruncându-mi câte o privire peste umăr. Edward i-a ciufulit părul ca să-l facă să se uite înainte. Ușa de la intrare s-a trântit. Am urcat să mă schimb și să-mi pun o ținută mai potrivită situației: o rochie neagră.

Pe la ora 13 m-am forțat să înghit o bucată de pâine, ca să am ceva în stomac și să nu leșin. Îmi simțeam stomacul strâns, dar nu eram cuprinsă de o panică generală. Am ieșit pe terasă să fumez, cu telefonul în mână. Olivier a răspuns imediat.

— Așteptam vești de la tine. Cum decurge ziua?

— În curând plec la biserică, rezist.

Nu știam ce altceva să-i spun. Tăcerea dintre noi s-a eternizat.

— Vrei să trec diseară să văd cum se descurcă Félix?

— Dacă vrei... Ai continuat să împachetezi?

— Aproape am terminat la mine... Pot să încep și la tine, ca să câștigăm timp.

— Nu, n-am mare lucru...

— Îmi vine un pacient, trebuie să te las.

— Spor la treabă.

— Dă-mi un semn când poți.

— Da... te sărut.

Am închis respirând greu. Să mă aflu aici mă îndepărta de el. Mutarea noastră era amânată până la calendele grecești. Esențialul era în altă parte. L-am fluierat pe Postman Pat, plecat să hoinărească pe plajă, ca să-l închid în casă. După ce s-a culcat, mi-am luat mantoul și mi-am pus eșarfa. Nu aveam nevoie de umbrelă; de o oră soarele scălda cerul albastru și rece de iarnă.

Am mers vreo zece minute până am ajuns la biserică, ridicată în centrul cimitirului. În mijlocul unei peluze, vegheat de o cruce celtică, se afla mormântul în care se va odihni Abby. Clopotul suna și o spaimă insidioasă creștea în mine. Cum să trăiesc această înmormântare sau, mai degrabă, cum să-i supraviețuiesc? Nu cumva îmi supraevaluasem puterile? Ultima înmormântare la care mă dusesem fusese cea a soțului și a fiicei mele. Spaima aceasta m-a făcut să intru pe ușa mică și să mă așez discret în fundul bisericii. Tot satul era prezent, ca și grupul prietenilor lui Judith, toți cei pe care îi întâlnisem de Revelion. I-am văzut pe Jack, pe Edward, pe Declan și pe Judith. Ca și fratele ei, făcuse și ea un important efort vestimentar. Pentru prima dată, părea fragilă; micuță în rochia ei evazată, fără mâneci, gri-închis, înfășurată într-o etolă neagră, cu coama de leoaică strânsă într-o coadă de cal sobră. Voiam să mă apropii de ea și s-o îmbrățișez ca s-o alin; nu mi-am dat voie. Abby era deja acolo, cu sicriul acoperit de flori. Uitându-mă la el, am avut impresia că am în față doar o cutie din lemn. O simțeam printre noi. Jack a apărut în raza mea vizuală; a străbătut toată biserica îndreptându-se spre mine.

— Ce faci aici singură, ascunsă? Lui Abby nu i-ar plăcea asta. Vino.

Și-a trecut brațul solid pe după umerii mei și m-a făcut să traversez naosul împreună cu el ca să ajung în primul rând. Judith mi-a sărit de gât, plângând amarnic. Nervii mi-au cedat în sfârșit... asta mi-a luat o greutate de pe inimă.

— O să ne mănânce dacă o mai ținem tot așa! mi-a zis, râzând și plângând în același timp.

Am scos niște batiste din buzunar și i-am șters obrajii înainte de a-i șterge pe ai mei. I-am pus la locul ei o șuviță indisciplinată. Apoi, ea s-a dat la o parte ca să iau loc, am trecut prin fața lui Declan, care își strângea puternic tatăl de mijloc și m-am așezat lângă Edward, care m-a luat de mână și și-a înlănțuit degetele de ale mele. Ceremonia a început. Știam că Irlanda este credincioasă practicantă, dar fervoarea religioasă m-a surprins, fără să mă incomodeze totuși, pe mine care nu credeam în nimic și care fusesem crescută în cel mai absolut ateism. Singurele două dăți când mersesem la biserică fusese la căsătoria mea și la înmormântarea lui Colin și a Clarei — socrii mei erau credincioși.

Adunarea cânta. Era frumos, aproape vesel și domnea o atmosferă de pace profundă. Moartea era tristă, dar nu era un sfârșit în sine. Acest lucru a avut un efect liniștitor asupra mea, cuvintele lui Abby pluteau în aer: „Mă voi ocupa de ei". Singurul care nu cânta era Edward; cu toate acestea, vocea lui aspră răsuna în urechile mele la fiecare rugăciune. Din când în când îmi mângâia dosul palmei cu degetul. În timpul împărtășaniei mi-a dat drumul și s-a dus acolo, după Jack și Judith. M-am așezat, Declan s-a cățărat pe genunchii mei și m-a luat de gât. L-am legănat. Edward s-a întors și ne-a găsit în această poziție, s-a așezat din nou și el și și-a trecut un braț pe după umerii mei. Alcătuiam o singură și aceeași persoană: Declan plângea pe genunchii mei, între tatăl lui și mine; eu, cu față sprijinită de umărul lui Edward a cărui față se odihnea în părul meu.

Clipa de care mă temeam a sosit: binecuvântarea trupului. Adunarea a defilat sub ochii mei. M-am lipit și mai mult de Edward, care și-a întărit strânsoarea. Când a venit rândul familiei — de vreme ce făceam parte din ea — s-a ridicat, l-a luat pe Declan în brațe. După aceea mi-a întins mâna, de care m-am cramponat. În fața sicriului lui Abby și-a luat cu religiozitate la revedere de la mătușa lui. A făcut un pas într-o parte ca să-mi lase locul, continuând să mă țină de mână și cu fiul lui încă în brațe. Mi-am pus cealaltă mână pe lemn și l-am mângâiat ușor schițând un zâmbet timid. Lacrimile au țâșnit, în sinea mea mi-am cerut iertare față de Abby și i-am lăsat în grija ei pe Colin și pe Clara.

Prin acest simplu gest pe care refuzasem să-l fac pentru dragii mei, îi lăsam să plece, îi știam în siguranță, mai ales pe fiica mea. Datorită lui Abby și a mesajelor pe care ea nu încetase să mi le dea, acceptam în sfârșit ideea că mereu Clara va fi în mine, că aveam dreptul să trăiesc din plin și că asta nu însemna că o voi uita sau că o voi trăda. Nu mai aveam de ce să-mi neg o parte din mine însămi. Am simțit buzele lui Edward pe părul meu, l-am privit în ochi. Intensitatea privirilor noastre nu se putea măsura. Mi-am trecut mâna peste obrazul lui Declan, care ne fixa. Apoi ne-am întors la locurile noastre. Ceremonia s-a încheiat cu *Amazing Grace*, care m-a emoționat până în străfunduri. În clipa aceea aș fi vrut să fiu credincioasă. Toată lumea a ieșit pe rând. Noi am fost ultimii care am ajuns la aer curat. Era atât de frumos; un soare luminos de iarnă, frigul revigorant, vântul care alunga tristețea. Declan și-a strecurat mâna într-a mea, voia să-mi spună ceva la ureche:

— Nu vreau să mai stau, Diane.

Ochii lui înspăimântați priveau mormintele.

— Să văd ce pot să fac, i-am răspuns. N-a fost nevoie să-l caut pe tatăl lui, era chiar lângă mine.

— Declan vrea să plece acum.

— Nu se poate!

— Te rog, lasă-mă să-l duc...

S-a uitat la fiul lui cu o privire circumspectă și teribil de neliniștită în același timp. Am hotărât să insist. Declan, care mă strângea de mână, suferea deja destul; un instinct de leoaică a pus stăpânire pe mine.

— Cunoaște suficient de mult duritatea vieții pentru vârsta lui! Gândește-te prin ce a trecut în urmă cu câteva luni, nu-l obliga să vadă dispărând sub pământ o altă persoană pe care o iubește... Te rog... Pot să mă ocup eu de el, iar tu ocupă-te de sora ta, ea are nevoie de tine, am adăugat, văzând-o pe Judith singură.

S-a lăsat pe vine la înălțimea fiului său.

— Pleci cu Diane, dar mai înainte mergem împreună la Jack.

Ne-am dus să îl îmbrățișăm pe Jack care a considerat că mica noastră plimbare era o idee foarte bună. Forța lui era spectaculoasă și molipsitoare. Cine ar fi avut indecența să se prăbușească în fața unei asemenea grandori? Înainte să plecăm, am strâns-o în brațe pe Judith câteva clipe, cu Declan încă agățat de mâna mea. Edward ne-a însoțit până la grilajul cimitirului.

— Vin după voi mai târziu, ne-a spus, cu o ușoară panică în glas.

L-am mângâiat pe obraz, el a închis ochii.

— Ne revedem curând.

S-a răsucit pe călcâie și s-a dus să-și îmbrățișeze sora conducând-o înspre morminte. Probabil și părinții lor erau înmormântați tot acolo.

În mod absolut firesc, ne-am îndreptat spre plajă, după ce mai întâi i-am dat drumul din casă lui Postman Pat, care s-a bucurat să-și vadă micul stăpân. Am găsit o stâncă unde să mă așez și am aprins o țigară în timp ce ei se jucau. Capacitatea de recuperare a copiilor e uluitoare. Cu mai puțin de un sfert de oră în urmă, Declan era îngrozit, traumatizat, cu ochii plini de lacrimi. Nu a fost nevoie decât de acordul tatălui său, de mâna mea și de câine ca să se liniștească. După ce s-a potolit din joacă, a venit și s-a așezat lângă mine.

— De ce moare toată lumea?

De ce? Dacă aș ști, m-am gândit.

— Tu nu ești singur de tot, Declan, îi ai pe tata, pe Jack și pe mătușa Judith.

— Da, dar tu, mai pleci? Îmi place când ești aici.

— Și mie îmi place să fiu aici cu voi, dar nu locuiesc în Mulranny.

— Și ce dacă?

Am oftat și l-am strâns în brațe. Aș fi putut să-i răspund lui Félix; Îl iubeam pe „puști". Cam prea mult.

— Nu vă e frig? a întrebat Edward, pe care nu-l auziserăm venind în spatele nostru. S-a așezat lângă fiul lui, a privit marea mai multe secunde înainte să se uite la noi. Ochii îi erau ușor roșii.

— Mergem să ne încălzim acasă la Abby și Jack până nu înghețați. Doar pe voi vă mai așteptăm. Ți-e foame poate? l-a întrebat pe fiul lui.

Declan a plecat ca din pușcă, lucru care ne-a făcut să râdem. Edward m-a ajutat să mă ridic.

— Cum te simți? l-am întrebat îngrijorată.

— Mai bine, după ce v-am regăsit pe voi amândoi. Îți mulțumesc că m-ai silit să îl las pe Declan să plece, eu voiam să vă țin cu mine, a fost egoist din partea mea.

— Ba nu, e normal. Dar ai ales binele fiului tău. Și acum suntem aici.

Când am ajuns, vreo zece minute mai târziu, am putut să constat că eram așteptați. Drept dovadă, numeroasele „iată-i" care au răsunat.

Orele care au urmat au fost pline de convivialitate, de căldură umană și de alinare. Toată lumea vorbea, se bătea pe spate sau se ținea de mână, ori evoca într-o atmosferă calmă amintiri despre Abby. Generozitatea ei, bucuria ei de a trăi marcaseră fiecare persoană prezentă. Jucase pe rând rolul de mamă, de bunică, de cea mai bună prietenă, de dădacă... Din bunăvoință față de noi, Jack prelua ștafeta, fără să se lase doborât de tristețe. Era demn, dar i-am surprins de mai multe ori privirea ațintită în gol sau mâna mângâind distrat pledul de pe scaunul–balansoar al soției lui. Îmi amintea de sentimentul de singurătate încercat la moartea lui Colin și a Clarei, chiar dacă eu plonjasem atunci într-o furie neagră și într-un refuz al realității; toată lumea vine să te vadă, încearcă să te consoleze și asta nu ajută cu nimic, rămâi pustiit. O ajutam pe Judith în bucătărie, eram fetele tinere din casă. Declan alerga printre oaspeți ronțăind câte ceva, fără să uite să vină în mod regulat să se asigure că eram încă acolo. Eu și Edward ne căutam permanent din priviri, îl simțeam mereu în apropiere, eram cuprinsă de o nestăpânită nevoie de a verifica dacă îi era bine. Niciun moment nu am avut sentimentul că sunt o străină în mijlocul acelei comunități care își plângea unul dintre membri. Ba dimpotrivă, cu naturalețe îmi dădeau de înțeles că făceam parte dintre ai lor, că indiferent dacă voiam sau nu, adresa mea poștală nu conta. Eram parte la durerea lui Jack, Judith, Declan și Edward. Pentru toți localnicii, făceam parte din familie. Simțeam asta în privirile lor, în felul în care mi se adresau și în care își făceau griji pentru mine. O parte din mine se umplea de fericire datorită acestei recunoașteri, acestui sentiment nou de apartenență la un clan; alta se prăbușea de tristețe. Nu locuiam și nu voi locui niciodată împreună cu ei. Reconstruisem totul la Paris, unde mă așteptau Olivier, Félix și cafeneaua. Cu această familie nu voi avea decât momente trecătoare care, oricât de minunate ar fi, vor rămâne efemere.

Ochii mi-au căzut pe Edward, care stătea de vorbă cu un cuplu din sat. Respirația mi s-a oprit o clipă scurtă. Voi putea să-mi mai reprim sentimentele încă două zile? Aveam nevoie să iau aer; m-am făcut nevăzută cu discreție. Fumând o țigară, care speram să mă relaxeze, m-am străduit să-mi stăpânesc bătăile inimii. Era noapte, frigul devenise tăios și mi-am pus brațele în jurul corpului ca să mă încălzesc. În adâncul sufletului, așteptam ceva și a venit:

— E în regulă? m-a întrebat Edward care mi se alăturase.

Am ridicat din umeri în chip de răspuns. Și-a aprins o țigară, a ținut-o între buze și și-a scos haina acoperindu-mi umerii cu ea. Am ridicat ochii spre el, se uita fix într-un punct imaginar drept în față. Cât am fumat, am stat fără să ne spunem niciun cuvânt. La ce bun?

Când ne-am întors în casă, l-am văzut pe Declan ghemuit pe canapea, cu ochișorii luptându-se să rămână deschiși.

— Uită-te la fiul tău, pică de somn... aș putea să mă întorc cu el. Tu mai rămâi cu Jack și cu Judith.

— Ești sigură?

Fără să-i răspund, m-am îndreptat către Declan și i-am propus să plecăm, a acceptat imediat. L-am luat de mână și l-am dus să le spună la revedere lui Jack și lui Judith. I-a mângâiat pe fiecare. Jack m-a strâns în brațe.

— Treci mâine să mă vezi? m-a întrebat.

— Sigur că da, nu voi pleca fără să petrec un timp aici.

— Oh... nu te voi reține mult timp, prefer să profiți de ei, mi-a răspuns arătându-i cu un gest al capului pe tată și pe fiu.

I-am zâmbit înainte s-o îmbrățișez pe Judith. După aceea, m-am dus lângă Edward care era gata să facă un drum dus-întors ca să ne ducă acasă. Proprietarul pubului și soția lui ne-au ieșit în cale și ne-au oferit mașina lor. Șoferul nostru obișnuit se pregătea să refuze când l-am întrerupt:

— Mulțumim mult, sunteți foarte amabili. Apoi, întorcându-mă spre Edward, mai încruntat ca niciodată: Nu-ți face griji, ne regăsești curând...

A oftat, s-a supus, dar a ținut să ne însoțească până la mașină. Declan s-a urcat primul, în spate, în timp ce Edward mulțumea pentru taxi. Nu a întârziat mult și a revenit la mine înainte să urc în mașină. I-am anticipat reacțiile.

— N-o să dispărem, ne întoarcem acasă la tine și ne băgăm în pat. Stai cu Jack și cu Judith. Eu și fiul tău o să fim bine.

M-a prins de mijloc și m-a sărutat lung pe tâmplă.

— Ne vedem acasă, a șoptit în părul meu.

Această frază scurtă a avut darul să facă să rezoneze senzații și dorințe în străfundul ființei mele.

Declan și cu mine am fost aduși în siguranță acasă. Postman Pat lătra de mama focului în spatele ușii. Bietul animal... I-am deschis, el s-a bucurat la vederea noastră înainte să o ia la fugă spre plajă în noaptea întunecată. L-am însoțit pe Declan la etaj, unde și-a pus pijamaua fără să spună un cuvânt și s-a dus docil să se spele pe dinți, în timp ce eu îi făceam patul. S-a întors în cameră și s-a băgat sub plapumă, tot tăcut, cu fețișoara încordată și neliniștită.

— O să stau cu tine.

Am îngenuncheat, i-am trecut mâna prin păr murmurând cântecul de leagăn, în vreme ce el respira în eșarfa mamei lui. Ziua fusese extenuantă, nu a reușit să se lupte cu ea. Mi-am așezat capul aproape de al lui pe pernă și l-am privit. Copilul acesta era atât de curajos, înfrunta încercările pe care i le impunea viața fără să facă gălăgie, sau prea puțin! Voiam atât de mult să îl protejez și să-i ofer lipsa de griji a copilăriei. De acum încolo trebuia făcut totul ca să fie ocrotit. Când am fost sigură că dormea adânc, m-am îndepărtat în tăcere. M-am întors la parter și i-am dat drumul înăuntru lui Postman Pat, care aștepta cuminte la ușa de la intrare. Am hotărât să mă duc să mă culc și eu, sau măcar să mă întind, fără să mă las totuși pradă somnului, în cazul în care se trezea Declan. Câinele m-a urmat la etaj. Dar în pat mă aștepta o surpriză: un mic intrus care, așa adormit cum era, găsise mijlocul să se târască în camera tatălui său și să se cațere în pat. A deschis ochii și m-a privit stânjenit.

— Pot să dorm cu tine?

I-am zâmbit blând.

— Lasă-mă cinci minute și vin.

A oftat ușurat; m-am închis în baie. După ce am fost gata, m-am așezat pe marginea căzii. Depășeam toate limitele, doboram toată apărarea cu acest copil; nu mai aveam atitudinea unei prietene de familie de departe și nu puteam să fac nimic împotriva acestui lucru.

Postman Pat se culcase pe jos la picioarele patului, Declan mă aștepta la căldură sub plapumă. Am lăsat ușa deschisă și veioza de pe noptieră aprinsă și m-am culcat la rândul meu. A venit să se ghemuiască în mine, l-am strâns în brațe sărutându-l pe frunte. Nu i-a trebuit mult ca să cadă în brațele lui Morfeu. I-am respirat mirosul gândindu-mă la Clara. Aveam certitudinea că nu era supărată pe mine, că știa că n-o va înlocui nimeni, ea va rămâne fiica mea, cel mai frumos cadou pe care mi-l făcuse viața. Dar inima mea putea să tresară pentru alți copii, aveam lucruri de oferit, iubeam copiii, îi iubisem întotdeauna, visasem să am o familie mare, eu, fiica unică. La fel ca tatăl lui în urmă cu un an, Declan îmi oblojise o rană, poate cea mai grea, cea mai dureroasă și mai viscerală. Tristețea lui, personalitatea lui mă tulburaseră, mă făcuseră să realizez că nu puteam să lupt împotriva a ceea ce eram: o mamă amorțită, dar și o mamă în devenire. Lipsa Clarei îmi va rămâne încrustată în piele până la ultima mea suflare, dar învățasem să trăiesc cu asta și voi continua să învăț toată viața. Cineva știuse acest lucru înaintea mea: Félix. Încă îl auzeam spunându-mi întruna: „Într-o zi asta te va face să-ți revii!“ Iar eu, încăpățânată, cuprinsă de ideile mele negre, îl asiguram de contrariul.

Dormeam cu întreruperi. Ușa de la intrare s-a auzit ca în depărtare. Postman Pat a ridicat capul, i-am făcut semn să nu miște. Lovea cu coada în podea, stăpânul lui se întorsese. Edward s-a oprit în fața ușii deschise a camerei și ne-a găsit, pe fiul său și pe mine, în patul lui. A rămas o clipă lungă în prag și ne-a privit. După aceea s-a apropiat de noi. Și-a pus mâinile și un genunchi pe saltea.

— Îl duc în patul lui, mi-a spus cu voce șoptită.

— Nu, lasă-l, ai să-l trezești, e bine aici.

— Nu e locul lui.

— Într-un moment obișnuit, aș fi fost de acord cu tine. Dar acum, are toate drepturile.

M-am ridicat. Ne-am înfruntat din priviri. Nu voi ceda.

— Tată, a mormăit Declan în somn.

Atenția noastră s-a îndreptat către el, care a întredeschis ochii, s-a desprins de mine și ne-a privit.

— O să te întorci în camera ta, a insistat Edward. Las-o în pace pe Diane, o să stau eu cu tine.

Declan s-a răsucit și și-a frecat fața de pernă.

— Să dormim toți trei, tată...

Nu mă așteptam la asta și nici Edward! Declan l-a prins de mână.

— Hai, tată, a șoptit.

Edward și-a ațintit ochii într-ai mei, m-am întins la loc și i-am zâmbit. A dat drumul mâinii fiului său și s-a așezat pe marginea patului, cu spatele la mine. Și-a rezemat coatele de genunchi și și-a luat capul în mâini. Știam la ce se gândea, și eu mă gândeam la același lucru: voiam să protejăm și să liniștim acest copil, ceea ce implica suferință pentru noi înșine și să ne punem într-o situație imposibilă. Insuportabilă.

— Ești sigură? a șoptit fără să mă privească.

— Vino.

S-a ridicat, a înconjurat patul ca să stingă lumina. L-am auzit mișcându-se în întuneric și dezbrăcându-se înainte să vină lângă noi. Salteaua s-a lăsat, plapuma s-a mișcat. M-am întors pe o parte, cu fața la el. Vederea mi s-a obișnuit cu întunericul și l-am văzut: mă privea, cu un braț îndoit sub cap. Am adormit fără să-l slăbesc din ochi și fără să-mi dau seama; mă simțeam bine, împăcată, cu un omuleț în brațe și altul mare care mă făcea să uit tot ce nu era el.

Zece

Cineva mă bătea pe braț. Am întredeschis ochii: Declan încerca să mă trezească. Reușise. Am simțit o greutate pe burtă; brațul lui Edward ne țintuia pe saltea, pe fiul lui și pe mine, în timp ce el dormea dus.

— O să mergem să luăm micul dejun, i-am șoptit lui Declan. Nu face zgomot, îl lăsăm pe tata să doarmă.

Am ridicat cât mai delicat posibil mâna lui Edward care se odihnea pe talia mea. Cum s-a văzut eliberat, Declan a sărit din pat. Postman Pat, care nu se mișcase toată noaptea, s-a ridicat la rândul lui dând din coadă. Am ieșit de sub plapumă împiedicând câinele să se apropie de pat și să-și trezească stăpânul. Declan și Postman Pat au luat-o amândoi în jos pe scară. Înainte să închid ușa, am aruncat o privire spre Edward; se deplasase de-a curmezișul patului și stătea cu capul pe perna mea. Cum aș putea să uit această imagine?

Declan mă aștepta, instalat pe un scaun la masa-bar. Am pus pe mine un pulover al tatălui său care stătea aruncat la întâmplare și m-am apucat să pregătesc micul dejun. Zece minute mai târziu, stăteam unul lângă altul,

Declan cu tartinele și ciocolata lui caldă, iar eu cu cafeaua. Alunecam într-o viață de familie, fără rezerve, fără teamă, fără să mă gândesc.

— Ce facem astăzi? m-a întrebat.

— Mă duc să îl vizitez pe Jack.

— Și după aceea? Stai cu noi?

— Sigur că da, nu-ți face griji.

A părut liniștit, pentru un timp. Imediat ce a terminat de mâncat, a sărit de pe scaun și a pornit televizorul. Eu mi-am luat ceașca de cafea, pachetul de țigări și telefonul și m-am instalat pe terasă sfidând frigul. M-am simțit rău când am văzut câte apeluri și SMS-uri aveam de la Olivier. Nu dădusem niciun semn de viață, nu mă gândisem la el nicio secundă. Am aprins o țigară tremurând și l-am sunat. A răspuns de la primul apel.

— Dumnezeule! Diane, mi-am făcut atâtea griji pentru tine.

— Iartă-mă... Ziua de ieri a fost atât de grea...

— Pot să înțeleg... dar să nu mă mai lași fără vești în felul ăsta...

I-am povestit pe scurt înmormântarea și seara care urmase, omițând emoțiile mele și răvășirile trăite. Apoi am deviat discuția către Paris și cafenea... Preț de câteva secunde am avut sentimentul că îmi vorbea despre o viață care nu era a mea, cu care nu aveam nicio legătură. Priveam marea dezlănțuită în timp ce-mi spunea că Félix era mândru de cifra de afaceri a ultimelor două zile și că se lansase în organizarea unei noi seri tematice. Lucrul acesta nu mă încânta, nici nu mă bucura câtuși de puțin. Răspundeam laconic cu câte un „asta-i bine". Ușa cu geam s-a deschis în spatele meu, m-am întors convinsă că îl voi vedea pe Declan. Mă înșelam. Edward, cu părul încă ud după duș, a venit lângă mine, cu cafeaua și țigările. Ne-am privit în ochi.

— Olivier, trebuie să te las...

— Stai!

— Spune-mi.

— Te întorci mâine? Chiar te întorci?

— Hm... dar... de ce mă întrebi asta?

— Nu rămâi acolo?

Nu l-am slăbit pe Edward din ochi, nu înțelegea discuția noastră, dar după intensitatea privirii lui am știut că și-a dat seama de importanța ei. Ochii mi s-au împăienjenit. Inima avea să mi se frângă, orice s-ar întâmpla. Dar singurul răspuns posibil era acesta:

— Nu s-a schimbat nimic, mă întorc mâine.

Edward a respirat adânc și a venit să se sprijine cu coatele de parapetul terasei, la o oarecare distanță de mine. Prin ușa cu geam l-am văzut pe Declan jucându-se cu mașinuțele lui. Câinele îl urmărea cu coada ochiului. Îl simțeam pe Edward atât de aproape și atât de departe de mine. Mă întorceam la Paris a doua zi.

— Foarte bine, l-am auzit pe Olivier spunându-mi de departe.

— Să nu vii după mine la aeroport, nu are rost... Te sărut.

— Și eu pe tine.

— Pe mâine.

Am închis. Cu spatele la mare, am mai fumat o țigară. Nici unul, nici altul nu am spus niciun cuvânt. După ce am strivit mucul de țigară, m-am hotărât să intru.

— Mă duc să mă îmbrac, trebuie să trec pe la Jack, i-am spus lui Edward cu mâna pe clanță.

Am urcat la etaj fără să-i spun nimic lui Declan, am luat haine curate din valiză și m-am încuiat de două ori în baie. Încăperea emana prezența lui Edward: aburul de la duș pe oglindă, aroma săpunului lui. Am rămas minute lungi sub apa caldă mușcându-mi pumnii, lăsându-mi lacrimile să curgă. Dorințele, sentimentele mele nu prea aveau importanță, doar responsabiltatea și rațiunea contau. Îmi mai rămâneau douăzeci și patru de ore să petrec cu ei. După aceea, plecam.

Când am ieșit din ascunzătoarea mea, i-am auzit pe Declan și pe Edward foarte aproape: erau în birou. M-am apropiat și m-am rezemat de tocul ușii. Stăteau în fața calculatorului, Edward retușa niște fotografii și îi cerea părerea fiului său. Complicitatea dintre ei era evidentă, alcătuiau o pereche. Nu mai intrasem niciodată în încăperea aceea. Nu dezordinea generală mi-a atras atenția, ci o fotografie în alb și negru prinsă în perete deasupra monitorului. Era jerpelită, fusese mult mânuită ca să arate într-un asemenea hal... Era făcută în fața cafenelei, eu mă zăream în spatele vitrinei, zâmbitoare, cu ochii privind în gol. Părea întru totul o fotografie făcută pe furiș. Când o făcuse? În ziua când venise să mă vadă? Imposibil, îmi petrecusem timpul supraveghind strada, l-aș fi văzut în mod sigur. Se apropiase așadar de mine, fără să caute să mă vadă. Cuvintele lui din urmă cu câteva luni îmi răsunau încă în auz: „Nu mai este loc pentru tine în viața mea".

— Diane! Ești aici!

Vocea lui Declan m-a făcut să tresar și mi-a amintit că nu era momentul să cer explicații.

— Ce faceți? i-am întrebat intrând în încăpere.

— Am un pic de treabă, a răspuns Edward.

— Declan, vrei să vii cu mine la Jack?

— Da!

— Fugi să te-mbraci!

A zbughit-o cu toată viteza. Nu reușeam să ies din cameră, cu toate acestea evitam privirea lui Edward.

— O să poți lucra liniștit. Vino după noi când vrei.

L-am simțit apropiindu-se de mine.

— La ce oră ai avionul mâine?

— La ora 14... Să nu vorbim despre asta, vrei? Să profităm de ziua rămasă.

Am ridicat fața spre el, ne-am privit intens, respirația ni s-a accelerat, am știut că voiam mai mult pentru puținul timp care ne rămânea. Trupurile noastre s-au atins ușor.

— Gata! M-am îmbrăcat!

Dintr-un salt, am readus distanța între noi.

— Să mergem! i-am spus lui Declan, cu vocea un pic prea ridicată.

Am ieșit din cameră, clătinându-mă ușor. Declan i-a spus la revedere tatălui său și am coborât la parter ca să ne luăm paltoanele, fularele și căciulile; era timp urât în ziua aceea.

— Am plecat!

L-am fluierat pe Postman Pat care a venit în grabă. Am deschis ușa de la intrare, Declan și-a strecurat mâna mică într-a mea.

— Pe curând, am auzit în spatele meu.

M-am uitat peste umăr; Edward ne privea de pe scară. Am schimbat un zâmbet.

Drumul, care de obicei dura douăzeci de minute, s-a întins pe aproape o oră. Alergam după fiecare clipă cu acest copil; mă jucam cu el, râdeam cu el, ca și cum căutam prin toate mijloacele să mi-l întipăresc în memorie, să nu-l uit, să-mi amintesc de forța lui, de instinctul lui de supraviețuire, să mă hrănesc cu el. Sau pur și simplu pentru că îl iubeam și în curând aveam să-l părăsesc și pe el. Ceea ce devenea insuportabil.

Am pătruns în fugă în grădina lui Abby și Jack. Să mă gândesc la această casă fără să i-o asociez pe Abby va rămâne de neimaginat pentru foarte mult timp. Jack smulgea buruienile de pe un strat de flori al soției lui. Știam ce încerca să facă; să se țină ocupat ca să uite, făcând totul ca să rămână cu ea... Ambivalența doliului.

— Ei, copii! Ce sosire!

Declan i-a sărit în brațe. Jack mi-a făcut semn să mă apropii și m-a îmbrățișat.

— Cum te simți în dimineața asta? l-am întrebat. Ai dormit vreun pic?

— Să spunem că m-am trezit devreme!

L-a lăsat pe Declan jos.

— Hei... nu vă e rușine? Aici nu suntem în vacanță!

Judith, cu mâinile în șolduri și în ținută de lucru, stătea pe peron.

— Nu bombăni, vin să te ajut!

Ea făcea ordine în casă după cina din ajun. Mi-am suflecat mânecile și i-am dat și eu o mână de ajutor. Asta ne-a luat tot sfârșitul dimineții. Atmosfera era senină, absența lui Abby se simțea, evident, dar fără să fie apăsătoare. Împreună cu Judith, am evocat-o râzând, dar și vărsând câte o lacrimă uneori.

Pe la prânz, Jack a intrat împreună cu Declan și a aruncat un lemn pe foc. Am trimis-o pe Judith să facă un duș și m-am ocupat de pregătirea mesei. Supravegheam mâncarea când l-am văzut pe fereastră pe Edward parcându-și mașina. Nu m-am mișcat. Imediat l-am auzit vorbind cu Jack și întrebând unde sunt. Câteva secunde mai târziu, nu mai eram singură în bucătărie. A venit lângă mine.

— Ai nevoie de ajutor?

— Nu, i-am răspuns cu o privire piezișă. Nu mai rămâne decât de pus masa.

— Am să mă ocup eu de asta, împreună cu Declan.

Și-a chemat fiul și în cele din urmă toți trei am așezat masa. Jack a vrut să dea o mână de ajutor. Nu l-am lăsat, l-am silit să se așeze dându-i un ziar: „Ești invitat la tine acasă!“

Am fost fericită să-l fac să râdă, ca și Edward. Aduceam cratița când venea și Judith. S-a oprit o clipă când ne-a văzut pe toți trei pregătindu-ne să ne așezăm la masă. S-a uitat la mine, apoi la fratele ei și a dat din cap.

Prânzul se prelungea; până la urmă Declan și-a pierdut răbdarea. Gesticula pe scaun, între tatăl lui și mine. M-am aplecat spre el.

— Ce-ai pățit?

— M-am plictisit.

Am zâmbit și am făcut un semn cu capul către tatăl lui, care și-a dat seama că noi complotam și mi-a făcut cu ochiul.

— Ia câinele și du-te afară, i-a propus.

El n-a mai stat pe gânduri. Nu m-am putut împiedica să îl strig.

— Îmbracă-te bine, e frig.

— Promit! mi-a strigat de la ușă.

— O să cadă lat diseară, i-am spus lui Edward.

— Cu atât mai bine.

Ne-am zâmbit.

— Drăcia dracului! a exclamat Judith O să complicați lucrurile!

Umerii mi-au căzut, avea dreptate.

— Lasă-i în pace, te rog, a întrerupt-o Jack.

— Pentru voi spun asta, a continuat ea. Și pentru el.

— Nu e nevoie să ne amintești, i-a răspuns sec fratele ei. Știm deja.

A strâns pumnii pe masă, eu i-am pus mâna pe braț ca să-l calmez, privirea i-a întârziat pe mâna mea înainte să mă privească în față. Apoi mi-a luat mâna într-a sa și s-adresat din nou surorii lui.

— Poți să stai cu el mâine dimineață și să-l duci la școală? Trebuie să plecăm devreme la aeroport.

— Sigur că da!

— Stați! i-am întrerupt. E ridicol, Edward. Am să mă descurc, închiriez o...

— Nici măcar să nu încerci! a spus strângându-mă și mai tare de mână.

— Copii! Liniștiți-vă, a intervenit Jack.

Intervenția lui a dat roade, toți am întors fețele înspre el.

— Diane și Edward, duceți-vă să luați aer împreună cu Declan, după aceea întoarceți-vă acasă fără să mai treceți pe-aici. Judith, du-te să te distrezi și să te vezi cu prietenii.

Fratele și sora au protestat, eu i-am lăsat și l-am privit pe Jack; nu voia să fie o povară și avea nevoie să fie singur, între patru ochi cu amintirea soției lui. A ridicat mâna, ceea ce i-a făcut să tacă.

— Nu întârziați să vă reluați cursul existenței... Nu mi-e frică de singurătate. Am să-mi văd de viață, nu vă faceți griji pentru mine. Oricum, în după-amiaza asta nu voi sta cu voi, mă duc s-o vizitez pe Abby.

Nimeni nu a încercat să-l contrazică. S-a ridicat și a început să strângă. M-am grăbit să-l ajut, Judith și Edward m-au imitat. Cât ai clipi, sufrageria era curată și vasele spălate. Edward și-a îmbrățișat unchiul și s-a dus după Declan în grădină. Judith s-a apropiat de mine.

— Îmi pare rău pentru ieșirea mea, dar îmi fac griji pentru voi.

— Știu.

— Ne vedem mâine dimineață, mi-a spus înainte să iasă din bucătărie.

Jack și cu mine am rămas singuri. Mi-a zâmbit larg și și-a deschis brațele. M-am refugiat în ele.

— Mulțumesc că ai venit, micuța mea franțuzoaică...

— Acesta e locul meu. Ai grijă de tine...

— Știi că aici ești acasă la tine.

— Da, am șoptit.

— N-am să-ți mai spun nimic. Știi ce este de știut...

L-am sărutat pe barba mare și albă și am fugit din bucătăria aceea. Edward, Declan și Postman Pat erau în mașină. Am sărit și eu în Range Rover și am trântit portiera.

— Unde mergem?

Mi-am ațintit privirea întrebătoare în ochii lui Edward. În spate, am auzit centura lui Declan desfăcându-se, el s-a strecurat între noi cu coatele pe tetierele de la banchetele noastre. Am simțit toate întrebările, toate ezitările lui Edward.

— Câteva ore încă, i-am spus.

Răspunsul lui: a pornit motorul și am plecat la drum.

Restul după-amiezii s-a topit. Edward m-a făcut să descopăr o altă mică parte din Wild Way Atlantic. Am mers până la primele faleze de la Achill Island. Declan monopoliza discuția făcând pe ghidul turistic. Eu și Edward schimbam priviri complice ascultându-l cum își etala știința. L-am ispitit pe diavol când am ieșit din mașină, deși ploua cu găleata. Și ne-am întors acasă uzi până la piele. Edward a început prin a aprinde un foc în șemineu și și-a trimis fiul să facă un duș. L-am urmat la etaj și mi-am luat haine uscate. În timp ce Declan se spăla, i-am aranjat patul, am făcut ordine prin cameră și i-am pregătit lucrurile de școală pentru a doua zi. Când s-a întors s-a apropiat de mine.

— Vrei să-mi citești o poveste?

— Alege niște cărți și mergem jos, la tata.

Ne-am instalat pe canapea, mi-am trecut brațul în jurul lui, el s-a cuibărit la pieptul meu. Am început să citesc. Mi-a venit în minte ca într-o străfulgerare tentativa mea eșuată de atelier de lectură pentru copii, din cafenea. Mi-am dat seama de drumul parcurs. O întrebare rămânea încă: dacă ar fi fost un copil necunoscut, aș fi fost în stare s-o fac? Nu eram prea sigură. Îl iubeam pe Declan, nu-mi mai era frică să-mi mărturisesc asta. Țineam la locul pe care mi-l acordase în viața lui. Din când în când, ridicam nasul din carte și întâlneam privirea lui Edward care, după ce se schimbase și el, pregătea cina. Ochii mei probabil că reflectau descurajarea care mă năpădea, iar într-ai lui, pe lângă tristețe, regăseam mânia obișnuită. Am realizat că era mult timp de când nu-l mai văzusem exprimându-și-o. Ne abțineam să lăsăm proasta noastră dispoziție să izbucnească pentru a-l proteja pe Declan. Și la urma urmei, aveam de ales?

La masă, Declan se lupta să-și țină ochii deschiși, ceea ce avea efectul de a-l înduioșa pe tatăl lui; Edward îl privea cu tandrețe.

— În seara asta dormi în patul tău, i-a spus.

— Da...

Trebuie să fi fost cu adevărat epuizat de nu a încercat să negocieze. Edward a încruntat din sprâncene.

— Mâine te duce Judith la școală.

— Da...

— Vrei să mergi la culcare acum?

S-a mulțumit să dea din cap. S-a ridicat de la masă și a venit să mă ia de mână. M-am ridicat și l-am urmat, gata să urc, dar el a făcut un ocol înspre tatăl lui și l-a prins și pe el de mână. Iar eu mi-am spus: încă puțin curaj. Am schimbat o privire cu Edward, apoi el și-a luat fiul în brațe și Declan s-a încolăcit în jurul lui, fără să-mi dea drumul. Ajunși în cameră, Edward l-a așezat în pat și l-a învelit cu plapuma. Am îngenuncheat aproape de fața lui. În mod automat, și-a dus eșarfa mamei sale la nas. Cu mâna liberă, m-a mângâiat pe obraz. Am închis ochii.

— Nu pleca, Diane.

Rugămintea lui m-a sfâșiat pe dinăuntru.

— Dormi, omulețule. Ne vedem mâine dimineață.

Căzuse deja în brațele lui Morfeu. L-am sărutat pe frunte și m-am ridicat. Edward mă aștepta în ușă, cu trăsăturile din nou încordate. Străbătând holul, ușa deschisă a biroului său m-a atras, am intrat fără să-i cer voie și am luat fotografia din perete.

— Când ai făcut-o?

— Ce contează? mi-a spus el, oprit în prag.

— Te rog... Răspunde-mi.

— În dimineața expoziției.

Vocea îi era obosită. Umerii mi-au căzut, mi s-a pus un nod în gât. Complexitatea și imposibilitatea relației noastre, dificultățile, secretele, lucrurile nespuse, sentimentele îngropate ne epuizau și pe unul, și pe celălalt.

— Și de ce o păstrezi?

— Ca să-mi folosească de aducere aminte.

S-a răsucit pe călcâie și a luat-o în jos pe scară. Eu m-am așezat la birou, cu fotografia în mână și ochii ațintiți pe ea. În fața casei mele, la mine acasă, în viața mea. Fără îndoială, păream fericită. În epoca aceea, nu mai exista nicio umbră care să planeze în jurul meu, aveam tot ce îmi doream. Cel puțin așa credeam... Căci la câteva ore după ce fusese făcută, totul se dăduse peste cap și de atunci situația nu încetase să-mi scape din mâini. Certitudinile în privința alegerilor mele, pentru care atâta mă zbătusem în acele ultime luni, se prăbușeau unele după altele. Am întors privirea de la imaginea acestei Diane pariziancă, proprietară de cafenea literară și cuplată cu Olivier. Am văzut un teanc de fotografii care evocau alte amintiri: erau cele pe care Abby îi ceruse lui Edward să le facă atunci când am venit pentru prima oară. Ne aflam toți adunați acolo, mai puțin fotograful, dar prezența lui era atât de puternică încât se simțea. Eu eram altfel, adevărat. În niciun moment nu aveam aerul rătăcit, eram acolo, cu ochii ațintiți pe unul sau pe altul, sau în căutarea lui Edward. Aveam un loc pe care mi-l ocupam.

Edward stătea pe canapea, cu o țigară între buze, aparent absorbit de focul din șemineu, cu două pahare de whisky în fața lui pe măsuța joasă. Am făcut ce doream și ce simțeam nevoia în clipa aceea. M-am ghemuit lângă el, cu capul pe pieptul lui și picioarele îndoite; el mi-a înconjurat umerii cu brațele. Am rămas așa, tăcuți foarte multe minute; îi auzeam inima bătând și lemnele trosnind.

— Diane...

Nu îl auzisem niciodată vorbind atât de încet, ca și cum s-ar fi pregătit să dezvăluie un secret.

— Te-ascult.

— Să nu te mai întorci aici, te rog.

M-am lipit și mai mult de el, care m-a strâns mai tare.

— Nu putem să ne facem iluzii, a continuat. Nici să ne prefacem...

— Știu...

— Refuz ca Declan să plătească pentru povestea noastră... s-a atașat deja prea mult de tine... te vrea într-un loc pe care nu poți să i-l oferi... Are nevoie de stabilitate...

— Trebuie să-l protejăm... nu avem de ales.

Mi-am frecat fața de cămașa lui, el m-a sărutat pe păr respirând în el.

— Iar eu... eu...

S-a îndepărtat, s-a ridicat brusc, și-a golit paharul dintr-o înghițitură și s-a oprit în fața șemineului, cu spatele la mine și umerii căzuți. M-am ridicat și eu și m-am apropiat de el. Și-a dat seama de asta aruncând o privire peste umăr.

— Rămâi acolo...

M-am oprit, mă dureau toate, capul, inima, pielea. Edward a respirat adânc.

— Nu mai vreau să sufăr pentru că te iubesc... Este insuportabil... durează de prea mult timp... Fotografia aceea nu este de ajuns ca să-mi aducă aminte că ți-ai construit o viață în care nu ești nici mama lui Declan, nici soția mea...

Era conștient de cuvintele pe care le spunea? Cuvinte și mărturisiri care mă tulburau. Se destăinuia cu adevărat pentru prima oară și asta ne făcea rău.

— Viața ta este și va fi mereu la Paris.

— Adevărat, am șoptit.

S-a întors spre mine și m-a privit drept în ochi.

— Trebuie să te uit odată pentru totdeauna.

Suna ca o promisiune și o provocare insurmontabilă.

— Iartă-mă, i-am spus.

— Nu este vina nimănui... n-am avut niciodată un viitor împreună... N-ar fi trebuit să ne întâlnim și cu atât mai puțin să ne revedem... Vezi-ți de drumul tău...

— Regreți că m-ai întâlnit?

M-a fulgerat cu privirea și a dat din cap.

— Du-te la culcare... e mai bine.

Prima mea reacție a fost să îl ascult; m-am răsucit pe călcâie și m-am îndreptat spre scară. Și după aceea m-am oprit. Nu avea dreptul să-mi spună toate astea, să-și împărtășească suferința fără să o asculte pe-a mea. Ce credea? Că pentru mine va fi ușor să trag o linie peste el și peste fiul lui, să mă întorc la Paris și să mă prefac că-l iubesc pe Olivier? Când de fapt îi aparțineam în întregime, chiar dacă eram perfect conștientă de imposibilitatea relației noastre. M-am întors spre el, nu-și luase ochii de la mine. Am traversat salonul în fugă și m-am aruncat pe el. M-a respins și m-a ținut la distanță.

— Nu poate să se sfârșească așa!

— Diane... oprește-te...

— Nu, n-am să mă opresc! Am niște lucruri de spus!

— Nu vreau să le aud.

Duritatea tonului său m-a făcut să dau înapoi, dar după aceea mi-am spus că era de ajuns. I-am luat fața în mâini și l-am sărutat. A răspuns cu furie la sărutul meu, strângându-mă în brațe. Am pus în asta toată frustrarea ultimelor luni. M-am înălțat pe vârful picioarelor, m-am lipit de trupul lui, încercând să mă fac mai mică, să dispar în el, ca să-i fiu și mai aproape. Voiam mai mult; mai mult din el, din buzele lui, din pielea lui. Nu simțisem niciodată o asemenea dorință, nici un impuls atât de puternic de a mă abandona unui bărbat. Da, fusese toiagul meu de sprijin, dar astăzi sentimentele mele mergeau mult mai departe. Mai întâi îl iubisem greșit, nu cum trebuia, de acum înainte fiecare fibră a ființei mele, a inimii mele și a trupului meu îl dorea. Îi iubeam forța și slăbiciunile. Cu un oftat de suferință, m-a smuls de pe el.

— O să ne facem și mai mult rău, oprește-te, te rog...

— O noapte... ne mai rămâne o noapte de iluzii.

Lupta atât de mult ca să-și păstreze controlul emoțiilor, își interzicea să trăiască de atât de mult timp, îngrozit de durerea iubirii și strivit de responsabilitățile pe care și le impunea. L-am luat de mână și l-am condus la etaj. L-am lăsat în fața camerei lui ca să verific dacă ușa de la cea a lui Declan era bine închisă. Mă aștepta, rezemat de tocul ușii. Și-a ațintit privirea într-a mea.

Este încă timp să nu mergem mai departe.

— Asta este ce vrei cu adevărat?

Când ne-am închis în cameră, m-a împins până la pat. Dacă vreo clipă fusese pierdut și slab, se sfârșise; prelua puterea asupra mea. Duritatea sărutului pe care mi l-a dat mi-a confirmat acest lucru. Ne-am prăbușit pe pat, stăpâniți de urgența de a ne iubi, dezbrăcându-ne cu brutalitate, căutându-ne buzele, pipăindu-ne pielea înfometată. Apropierea lui Declan, care ne impunea o tăcere absolută, și conștiința că nu aveam decât câteva ore în fața noastră adăuga intensitate acestei clipe pe care o așteptam de atâta timp. Să fim unul al celuilalt. Când m-a penetrat, respirația mi s-a tăiat, privirile noastre s-au agățat una de alta. Am citit într-a lui toată iubirea, toată dorința, dar și toată suferința pe care o resimțea. Să mă bucur de trupul lui Edward m-a făcut să vărs lacrimi. S-a prăbușit peste mine strângându-mă și mai tare la pieptul lui, l-am ținut prizonier între picioarele mele mângâindu-l pe păr. Apoi, i-am luat fața în mâini. M-a sărutat blând, furtuna trecuse.

— Te iubesc, am șoptit.

— Să nu mai spui asta niciodată... nu schimbă nimic...

— Știu... dar pentru câteva ore să ne dăm voie să fim eliberați de tot.

Am putut să ne iubim fără rezerve toată noaptea. Din când în când ațipeam, cu pielea udă lipită una de alta. Și primul care deschidea ochii îl trezea pe celălalt cu mângâieri și sărutări.

— Diane...

M-am ghemuit și mai strâns la pieptul lui agățându-mă mai tare de el, cu picioarele încolăcite de ale lui. El m-a sărutat pe tâmplă.

— O să mă scol... nu vreau să ne găsească Declan împreună.

Remarca lui a avut darul să mă trezească de-a binelea.

— Ai dreptate.

Am ridicat capul și mi-am plimbat un deget de-a lungul maxilarului său încordat. Mi-a prins mâna și m-a sărutat în palmă. După aceea s-a desprins de mine și s-a așezat pe marginea patului ciufulindu-și părul. M-a privit peste umăr, am schițat o tentativă de zâmbet, m-a mângâiat pe obraz.

— Mă duc...

— Da.

I-am întors spatele, nu voiam să-l văd ieșind din cameră, nu voiam să păstrez această imagine, nu voiam să-mi amintesc decât noaptea noastră de iubire. Am strâns din toate puterile perna lui în momentul în care ușa s-a închis cu un zgomot ușor.

Am rămas poate o jumătate de oră în pat. Să mă scol îmi cerea un efort supraomenesc, ca și să-mi adun hainele risipite prin toate colțurile camerei. Am luptat împotriva vechilor mei demoni: aș fi vrut să nu mă spăl, să-i păstrez mirosul pe mine cât mai mult timp posibil. Dar Edward nu era mort.

Încă nu se luminase bine de ziuă când am coborât la parter. Mi-am pus geanta de voiaj în antreu. O ceașcă de cafea fierbinte mă aștepta pe barul din bucătărie, am băut câteva înghițituri. După aceea, m-am îndreptat spre terasă, unde Edward stătea cu țigara în gură. Dacă m-a auzit venind, nu a reacționat. M-am dus să mă lipesc de el luându-l de mână, degetele ni s-au înlănțuit, m-a sărutat pe păr oftând. Am închis ochii ghemuindu-mă în el. Ca de departe, am auzit o mașină oprindu-se în fața casei.

— Uite-o pe Judith, mi-a spus. M-am grăbit să mă îndepărtez de el, convinsă că dorea să păstreze secretul în privința noastră.

— Rămâi aici.

Mi-a dat drumul la mână ca să mă strângă și mai tare la piept, în brațele lui. Mi-am ascuns fața în cămașa lui, i-am respirat adânc parfumul. Ușa de la intrare s-a trântit: Judith și discreția ei legendară.

— Va trebui să mergem să-l trezim pe Declan, mi-a spus Edward.

M-am agățat de cămașa lui.

— Haidem.

M-a condus înăuntru. Judith ne aștepta, cu cafeaua în mână, cu coatele pe bar. Ne-a zâmbit cu tristețe.

— Trebuia să se întâmple asta, după atâta timp de când așteptați...

— Scutește-ne, s-a răstit la ea Edward.

— Hei! Calmează-te... nu vă reproșez. Vă invidiez, asta-i tot...

S-a auzit un zgomot pe scară și apoi glasul vesel al lui Declan:

— Am dormit singur! Tată! Diane! Am dormit singur!

Am avut timp să mă îndepărtez de Edward înainte ca fiul lui să-i sară în brațe. Mândria lui era imensă, un zâmbet extraordinar îi lumina fața.

— Ai văzut, Diane?

— Ești un campion!

Zâmbetul i-a înghețat când a văzut-o pe Judith. Chipul îi reflecta violența realității care tocmai îl lovise. A coborât din brațele tatălui său și s-a năpustit cu capul plecat în antreu. A tras de cureaua genții mele de voiaj și s-a uitat la mine.

— Ce-i asta? a strigat.

— Valiza mea, i-am răspuns apropiindu-mă de el.

— De ce e aici?

— Mă întorc acasă la mine, ai uitat?

— Nu! Acum aici e casa ta, cu tata și cu mine! Nu vreau să pleci!

— Îmi pare rău...

Ochii i s-au umplut de lacrimi, a devenit roșu de supărare, de furie chiar.

— Ești rea!

— Declan, ajunge! a intervenit Edward.

— Lasă-l, i-am șoptit. Are dreptate...

— Te urăsc! a urlat Declan.

A urcat scara în fugă și a trântit ușa camerei lui. Edward m-a luat în brațe.

— Cum am putut să fim atât de egoiști? am hohotit.

— Știu...

— Acum ștergeți-o, ne-a spus Judith.

M-am desprins de Edward și m-am apropiat de ea.

— Nu-ți mai spun la revedere, m-am săturat să tot fac asta. Vorbim la telefon...

— Ai dreptate...

Edward mă aștepta pe peron, cu geanta mea de voiaj în mână. Când să trec pragul, m-am oprit. Se petrecea prea repede...

— Trebuie să-i spun la revedere.

Am urcat scara câte patru trepte odată și am bătut în ușă.

— Nu!

— Declan, o să intru.

— Nu vreau să te mai văd niciodată!

Am intrat în încăpere, stătea pe pat, țeapăn ca un par. Și-a șters furios obrajii cu dosul palmei, privind drept înainte. M-am așezat lângă el.

— Îmi pare rău... Te-am făcut să speri că am să rămân. Ai dreptate, mă simt bine cu tine și cu tatăl tău, îmi place să fiu aici. N-am mințit în privința asta... Vei înțelege când vei fi mai mare... nu facem întotdeauna ce vrem: am un serviciu la Paris, responsabilități de adult. Știu că ție nu-ți pasă de asta... Mă voi gândi foarte des la tine, îți promit.

S-a aruncat în brațele mele. L-am legănat pentru ultima oară, sărutându-l pe păr și reținându-mi lacrimile. Nu ar înțelege de ce plec dacă mi-ar vedea durerea.

— Ssst... o să treacă... tu ești curajos... nu te voi uita niciodată... ai să devii un băiat puternic, ca tatăl tău... bine?

L-am mai ținut la pieptul meu încă minute lungi, aș fi vrut să-l protejez mereu, să-l liniștesc. Doar că timpul trecea...

— Tata mă așteaptă în mașină...

M-a strâns și mai tare de mijloc.

— Ai să vezi, o să fie super să mergi la școală cu mătușa Judith... și tata se va întoarce până termini orele. Aseară ți-am pregătit uniforma, nu-ți mai rămâne decât să te îmbraci...

S-a desprins de mine și m-a privit cu ochii lui minunați. Apoi s-a ridicat, s-a agățat de gâtul meu și m-a pupat, un pupic adevărat de copil, umed și generos. L-am sărutat pe frunte, el mi-a dat drumul. În ciuda senzației de abandon, m-am ridicat și am văzut-o pe Judith care asistase la toată scena.

— La revedere, Declan.

— La revedere, Diane.

Am străbătut încăperea și m-am oprit lângă ea, ne-am privit, ne-am zâmbit și am sărutat-o pe obraz înainte s-o iau în jos pe scară. Am dat peste Postman Pat culcat la picioarele scării, l-am mângâiat și am ieșit din casă. Edward stătea rezemat de mașină, cu o țigară în gură. Am aruncat o ulltimă privire mării și am urcat în Range. M-a urmat imediat și a pornit motorul.

— Ești gata?

— Nu... dar n-o să fiu niciodată, așa că poți să-i dai drumul.

Am privit casa prin geam câteva secunde. Și după aceea mașina a pornit, traversând satul care se trezea.

— Uite cine-i acolo, mi-a spus Edward.

Am zărit în depărtare silueta lui Jack, aproape de poartă. A ridicat mâna în direcția noastră când am trecut pe lângă el. Am privit înapoi, el a rămas câteva clipe uitându-se la mașină, apoi a intrat în casă cu spatele încovoiat. Când am trecut de ieșirea din Mulranny, am luat pachetul de țigări al lui Edward de pe bord, am scos una, am aprins-o și am tras din ea ca o apucată. Îmi venea să lovesc, să urlu, să-mi eliberez furia. Pentru prima dată, eram supărată pe Abby; prin moartea ei, mă pusese în această situație imposibilă. Eram perfect conștientă de caracterul pueril, egoist al reacției mele, dar era singurul meu mijloc de apărare împotriva durerii. Eram supărată și pe mine; eram o încurcă-lume! Îi făceam să sufere pe Olivier, pe Edward, pe Declan și pe Judith. Până la urmă rămâneam aceeași capricioasă, neîndemânatică și egoistă dintotdeauna. De parcă viața nu m-ar fi învățat nimic.

— Fir-ar al dracului! Ce porcărie! am înjurat în franțuzește.

Continuând să bombăn într-un limbaj mai mult decât colorat, mi-am luat geanta de voiaj și am golit-o pe genunchi ca să-mi fac de lucru; trebuia să îmi țin mâinile ocupate. Scrumul de la țigară mi-a căzut pe blugi, am urlat. Edward m-a lăsat să-mi descarc nervii fără să se clintească, mergea cu piciorul pe accelerație ca de obicei. Încetul cu încetul, starea de spirit mi s-a schimbat. M-am calmat, am respirat mai lent, mi s-a pus un nod în gât și în stomac, am încetat să mă mai agit și m-am afundat și mai mult pe banchetă, rezemându-mă de tetieră. Degeaba mă uitam la drum, nu vedeam peisajele.

Telefonul lui Edward a sunat după mai bine de o oră. A răspuns, n-am ascultat conversația și am rămas stoică atât timp cât a durat.

— Era Judith... Declan e mai bine, a plecat la școală într-o dispoziție mai bună...

Această veste mi-a smuls un zâmbet ușor, care s-a șters foarte repede. Am simțit pe obraz degetul lui Edward, îmi ștergea o lacrimă. Am întors fața către el, nu mi se păruse niciodată atât de trist, nici atât de puternic. Tatăl care era suporta încercările pentru fiul lui. Chiar dacă asta nu era o noutate în privința sa, el se lăsa pe planul al doilea: Declan înainte de orice. Mă aflam în aceeași stare de spirit ca și el... M-a mângâiat pe obraz. Apoi și-a așezat mâna mare pe șoldul meu, eu am lăsat-o pe a mea peste a lui și s-a concentrat din nou pe șofat.

Timpul s-a scurs prea repede, mult prea repede, într-o liniște apăsătoare. Din când în când, Edward îmi ștergea lacrimile tăcute. Aveam impresia că sunt o condamnată pe culoarul morții. Viața, geografia îmi vor răpi un bărbat și un copil pe care îi iubeam mai mult decât orice pe lume. Singura mea consolare va fi să știu că ei există, că le merge bine; nu doamna cu coasa mi-i lua. Era din cauza lipsei de șansă, nu locuiam în aceeași țară, nu aveam aceeași viață. Ne lăsaserăm pradă sentimentelor noastre fără să ținem cont de realitate.

Am ajuns în parcarea aeroportului din Dublin. Edward a oprit motorul, dar niciunul dintre noi nu a schițat nici cel mai mic gest de a ieși din mașină. Am rămas așa vreo zece minute. Și apoi m-am întors înspre el, care stătea cufundat pe banchetă, cu capul pe spate, ochii închiși, trăsăturile încordate. L-am mângâiat pe bărbie; m-a privit intens. Vedeam în privirea lui aceeași iubire ca în noaptea trecută, dar și o durere încă și mai mare. S-a îndreptat, s-a apropiat de mine și mi-a atins ușor buzele cu ale lui; sărutul nostru a devenit intens. Când i-a pus capăt, mi-a luat fața în mâini și și-a sprijinit fruntea de a mea. Lacrimile mele i-au udat mâinile. Și-a apăsat cu putere buzele peste ale mele.

— Să mergem...

— Da... e timpul...

M-am clătinat când am ieșit din mașină. Edward și-a pus pe umăr geanta mea de voiaj și m-a luat de mână. M-am agățat de el cu toată puterea și mi-am lipit fața de brațul lui. Am pătruns în holul terminalului. Evident, avionul meu pleca la timp. Ajunseserăm cu mult înainte. Era bine așa; voiam ca Edward să fie acasă la terminarea orelor, Declan nu trebuia să rămână mult timp departe de tatăl lui. Am preferat să mă înregistrez fără să mai aștept să mă debarasez de valiză. Edward nu mi-a dat drumul; însoțitoarea de bord ne-a văzut.

— Călătoriți împreună? l-a întrebat.

— Dacă măcar ar fi posibil..., a mormăit el în barbă, cu privirea dură.

— Nu, am șuierat eu. Sunt singură.

Buzele lui Edward mi-au găsit tâmpla, lacrimile îmi curgeau fără oprire. După ce ne-a mai aruncat o privire, însoțitoarea de bord s-a întors la treburile ei. I-am mulțumit în sinea mea că nu-mi urase călătorie plăcută. Ne-am îndepărtat de ea și m-am uitat la ceas.

— Du-te, i-am spus lui Edward. I-am promis lui Declan că vei fi acasă când iese de la școală...

Lipiți unul de celălalt, cu degetele înlănțuite, am traversat din nou tot holul, până la punctul de control. Îmi venea să vomit, să urlu, să plâng. Îmi era frică să mă trezesc fără el. Dar am ajuns la ultima limită pentru Edward. M-a cuprins în brațe, m-a strâns cu putere.

— Să nu conduci ca un nebun la întoarcere...

El a oftat dureros și m-a sărutat pe tâmplă. Savuram senzația acestui gest atât de tandru, atât de explicit pentru el... Voi regăsi într-o zi acest sentiment de apartenență la un bărbat?

— Nu mai spune nimic, mi-a cerut, cu vocea mai răgușită ca niciodată.

Am ridicat fața spre el, am schimbat un sărut profund, făcut din gemete de durere, de plăcere. Buzele noastre se căutau, se gustau, se memorizau. Mă cramponam de părul, de gâtul lui, îi mângâiam barba, mâinile lui îmi striveau spatele, coastele. Lumea nu mai exista în jurul nostru. Dar trebuia să ne despărțim. M-am ghemuit o ultimă oară la pieptul lui, cu fața în gâtul lui, el m-a sărutat pe păr. Și apoi mi s-a făcut frig: brațele lui nu mai erau în jurul meu, a dat înapoi câțiva pași. Privirile noastre s-au mai căutat o dată, și-au promis totul și nimic. M-am răsucit pe călcâie, cu biletul de avion și pașaportul în mână și mi-am ocupat locul în rândul de așteptare. În mod automat, am privit înapoi: Edward era încă acolo, cu mâinile în buzunarele de la blugi, privirea dură, fața gravă. Unii pasageri îi aruncau o privire speriată. Eram singura care știa că nu era periculos; carapacea i se constituia sub ochii lor, se blinda. Avansul coloanei de călători făcea să nu-l mai văd uneori, de fiecare dată mă temeam că n-am să-l mai revăd, o ultimă oară, o ultimă secundă. Dar el nu se mișca. Deja ne despărțeau peste douăzeci de metri. I-am simțit privirea asupra mea când a trebuit să-mi golesc buzunarele, să-mi scot cureaua, cizmele. În mod voit, am lăsat să treacă înaintea mea unii pasageri grăbiți. Poarta de securitate va însemna sfârșitul. Cu toate acestea, a trebuit să mă hotărăsc să înaintez. M-am înălțat pe vârful picioarelor, l-am zărit o ultimă oară; avea deja țigara în gură, gata să tragă din ea imediat ce va fi afară. A făcut câțiva pași spre mine, trecându-și o mână peste față. Am cedat nervos și am izbucnit în lacrimi. El a observat, a mers spre mine dând din cap ca să-mi ceară să încetez, să rezist.

— Doamnă, e rândul dumneavoastră.

Edward a înțepenit. În pofida distanței, privirile noastre s-au adâncit una în cealaltă.

— Știu, i-am răspuns agentului de securitate.

Am trecut pe sub poartă plângând, privind înapoi. Și apoi Edward a dispărut. Am rămas minute lungi în șosete la capătul benzii rulante, cu lucrurile stâlcite de celelalte valize care se îngrămădeau, înainte să mă hotărăsc să mă îndrept șovăind spre poarta de îmbarcare. Călătorii se uitau la mine de parcă aș fi fost marțiană. Ca și cum să vezi pe cineva plângând în aeroport era o raritate.

Două ore mai târziu, aveam centura de siguranță prinsă. Am luat telefonul și i-am trimis un SMS lui Olivier: „Sunt în avion, vino la cafenea diseară". Nimic altceva nu aveam să-i spun, și asta mă întrista. Mi-am închis mobilul. Câteva minute încă și avionul a pornit pe pistă.

Unsprezece

La Roissy am hotărât să iau un taxi, nu aveam niciun chef să fiu zdruncinată în mijloacele de transport în comun. În mașină, am primit un SMS de la Judith: „Tatăl și fiul s-au regăsit". Preț de o clipă, asta m-a consolat.

Am plătit cursa și am urcat la mine fără să arunc o privire spre cafenea sau spre Félix. Când am văzut lucrurile din garsonieră pe jumătate strânse, mi s-a făcut rușine de ipocrizia mea față de Olivier. Îl făcusem să spere la o relație și la o viață în care nu credeam. Mi-am aruncat geanta de voiaj și am trântit ușa.

Am intrat în cafenea prin ușa din spate, am observat câțiva clienți — pe care nu i-am salutat și am trecut în spatele tejghelei.

— Salut, Félix, m-am mulțumit să spun.

Am luat registrul de calcul și am verificat cifrele din zilele precedente. Mai mult ca să am mâinile ocupate decât dintr-un interes real...

— Bună, Félix, ce faci? Nu ți-a fost prea greu să te descurci singur? Te durea gura dacă erai amabilă cu mine! a bombănit el.

I-am adresat cea mai neagră privire a mea. A făcut ochii mari.

— Ce prostie ai mai făcut?

— Niciuna! Lasă-mă-n pace!

— Nu scapi tu așa ușor!

— Ia-ți liber sfârșitul după-amiezii, trebuie să fii obosit! i-am spus.

— Nu, ești bolnavă!

— Te rog, Félix, am șoptit. Nu-mi pot permite să clachez acum.

M-am agățat de bar și am strâns din dinți încercând să-mi stăpânesc respirația.

— O.K., te las... curaj...

— Mâine, Félix... mâine am să-ți spun... Promit.

— Nu-ți face griji! Te cunosc! Trece la fel de repede cum a apărut.

A trebuit să aștept ora închiderii ca să-l văd venind pe Olivier, cu umerii căzuți. A împins ușa, eu am rămas în spatele tejghelei, ca după o barieră de protecție. S-a așezat pe un scaun și și-a pus coatele pe bar privindu-mă fix. Nu reușeam să deschid gura. S-a uitat pretutindeni în jurul lui, la stânga, la dreapta, în sus, în jos, ca și cum ar fi căutat să țină minte locurile. Ar fi trebuit să-mi amintesc de perspicacitatea lui, înțelesese totul.

— Olivier... nu pot să mă mai prefac...

— Nu pot să dau vina decât pe mine... Voiam să cred în asta, am sperat să fiu mai puternic... De la expoziție, din prima clipă în care te-am văzut cu el... am refuzat să privesc realitatea în față. Cu toate acestea, am simțit întotdeauna că pe el îi iubeai...

— Iartă-mă...

— Nu vreau să știu ce s-a petrecut între voi și nici de când. Ceea ce mă supără este că nu te face fericită...

— Situația noastră este cea care mă face nefericită, el nu are nicio vină.

— Fiul lui?

— Distanța.

A lăsat capul în jos.

— Dacă eu aș fi avut un copil, nu te-ai fi uitat la mine...

Avea dreptate.

— N-am să mai pierd vremea... nu folosește la nimic. Am să sun mâine la agenția imobiliară ca să anulez contractul.

— Am s-o fac eu...

— Nu.

S-a ridicat, s-a dus până la ușa de la intrare pe care a deschis-o înainte să se întoarcă spre mine. Olivier îmi făcuse atâta bine, avusese grijă de mine, dăduse dovadă de răbdare și eu îl respingeam.

— Ai grijă de tine, mi-a spus.

— Și tu de tine, am șoptit.

A închis ușa după el, iar eu m-am lăsat pe tejghea. Eram din nou singură, dar fusesem cinstită față de mine însămi și mai ales față de Olivier. Era timpul. Am stins luminile în cafenea și am urcat la mine târându-mi picioarele. N-am aruncat nicio privire valizei sau cutiilor din carton, m-am trântit pe pat în întuneric și am privit fix tavanul. Am retrăit în minte acele ultime trei zile, noaptea petrecută cu Edward, despărțirea de Declan... Îmi era atât de rău. Îmi lipseau mai mult decât era posibil, eram ca pustiită. Garsoniera mea, care până atunci însemnase o bulă de protecție, locul în care mă refugiasem după prima întoarcere din Irlanda, nu-mi mai aducea alinare.

Era ca și cum m-aș fi aflat în tranzit într-un hotel, înainte să fac saltul în necunoscut. Mi s-a făcut frică; nu mai eram acasă la mine. Reperele mele săreau în aer.

A doua zi m-am trezit singură în zori. Am deschis cafeneaua cu mai mult de o oră înainte. Bând a treia cafea, m-am gândit la Declan care trebuie să fi ajuns la școală, la Edward care probabil era pe plajă cu aparatul foto în mână, sau în biroul lui. Cum se simțeau? Dormiseră? Edward reușea să facă față? Suferea la fel de mult ca mine? Și Jack? Judith s-o fi întors la Dublin? Să întâmpin clienții, să-i servesc, să le zâmbesc în pofida a toate acestea nu schimba nimic, nu reușea să-mi alunge acele gânduri și preocupări din minte.

Pentru că Félix lipsea, mi-am petrecut o mare parte din zi singură, observând, simțind cafeneaua, amintindu-mi de ea. Îmi făceam treaba ca un automat. Când vorbeam cu clienții, nu aveam sentimentul că era vocea mea, altcineva răspundea la întrebările lor. Eram detașată de fiecare dintre gesturile mele, de fiecare dintre obiceiurile de lucru. O distanță — o prăpastie chiar — se crease în liniște, insidios. Uneori, mă agățam de tejghea, ca și cum aș fi căutat să rămân cu picioarele pe pământ. Aș fi vrut să am darul misticismului ca să le vorbesc oamenilor mei fericiți, să le cer să mă cheme la ordine, să mă facă să mă întorc la ei, să mă seducă din nou, să mă copleșească, să-mi umple golul pe care absența lui Edward și a lui Declan o lăsa în mine. Priveam adesea panoul fotografic — chipurile lui Colin și al Clarei — le-am adresat și lor o cerere de ajutor, aveam nevoie de răspunsuri. Și apoi mă gândeam la Abby, știam ce mi-ar fi spus ea. Îmi interziceam să mă gândesc la viitor, la acel viitor... imposibil. Cu toate acestea, mă obseda și stătea în mâinile mele.

Félix și-a făcut apariția la sfârșitul zilei. De fapt, a venit pentru închidere și deci ca să-și capete aperitivul. Clienții plecaseră. Nu era rău, o discuție între patru ochi era necesară. A trecut în spatele tejghelei, și-a turnat un pahar și mi-a aruncat o privire. Probabil a considerat că și eu aveam mare nevoie de un întăritor și mi-a dat și mie unul. După aceea s-a rezemat de perete, a rostit un toast imaginar și m-a privit sorbind din pahar.

— Unde ai dormit azi-noapte?

— La mine.

A lăsat capul într-o parte.

— Ah... și diseară?

— Tot la mine.

— Mutarea?

— Nu mai există mutare.

Am băut o înghițitură mare de vin ca să mă stăpânesc. Apoi am apelat la cel mai bun mijloc de scăpare al meu — țigările — și am ieșit să fumez. Félix, la fel de dependent ca și mine, nu a întârziat să mă urmeze. S-a rezemat de fațadă și a râs într-o parte.

— Drăcie! N-aș fi crezut niciodată că ai s-o faci...

Mi-am pus capul pe umărul lui, obosită deodată. Epuizată de necontenitele mele întrebări, de această hotărâre care îmi cerea un curaj nebunesc, care îmi repunea viața sub semnul întrebării, epuizată mai ales de lipsa lui Edward și a lui Declan, după numai douăzeci și patru de ore de la despărțire.

— Iată-ne din nou singuri, a adăugat el. E un tip cumsecade, ai fi putut să fii fericită cu el...

— Știu...

— În fine, nu vreau să spun, dar... ai rămas cum nu se poate mai prost!

M-am ridicat și m-am înfipt pe picioare în fața lui. Mai putea să și râdă! Ar fi trebuit să aibă grijă, starea mea de spirit nu avea nimic stabil.

— Pot să știu de ce am rămas cum nu se poate mai prost?

— Ai doi tipi care te iubesc, dintre care pe unul îl iubești și tu, dar ești singură. Ai pierdut totul și asta nu are niciun sens. Ce-ai să faci acum? Ai să lâncezești în cafenea? Așteptând un al treilea tip care să te salveze de ceilalți?

Félix habar n-avea ce provocase. Pentru început, îi datoram liniștea, eram calmă deodată, în acord cu mine însămi. Apoi, spunând cu voce tare ceea ce eu gândeam în șoaptă, îmi dăduse răspunsul. Nu-mi voi pierde familia pentru a doua oară.

— Mulțumesc, Félix, pentru sfaturi...

— Dar nu ți-am spus nimic!

— Ba da, te asigur... vreau să-ți cer o favoare...

— Te ascult.

— Poți să-mi ții locul mâine dimineață?

A pufnit.

— Bine... de acord...

— Mulțumesc!

A doua zi la prânz, când am ieșit din agenție, eram un pic amețită; prima etapă era încheiată, următoarea va fi după-amiază. Și dacă nu apăreau surprize neplăcute, totul va fi rezolvat în ziua următoare. Nu îmi mai rămânea decât să aștept. Am găsit o bancă și m-am lăsat să cad pe ea. Voi merge până la capăt, la fel de sigur ca atunci când am plecat în Irlanda pentru prima oară. Am luat telefonul și am format numărul lui. Evident, nu a răspuns; mi-l închipuiam privindu-mi numele pe ecran. Nu m-am dat bătută și am sunat din nou, și din nou, și din nou. A răspuns la a cincea tentativă.

— Diane... Vocea lui răgușită m-a făcut să tremur din cap până-n picioare. Nu trebuie să mă suni...

— Edward... am să fiu scurtă, vreau doar un lucru să-ți spun. A oftat și am auzit zgomotul brichetei. Am ieșit dintr-o agenție imobiliară... Am pus cafeneaua în vânzare. Dacă tu și Declan mă mai vreți...

Emoția m-a copleșit. Edward nu spunea nimic la celălalt capăt al firului. M-am îngrijorat. Mai ești acolo?

— Da... dar... locul acela... soțul și fiica ta... tu...

— Nu... Nu-i vorba de ei. Îi port în mine. Iar acum, sunteți tu și Declan. E rar ce ni se întâmplă... Refuz să-mi petrec viața fără voi, iar tu n-ai să-l dezrădăcinezi pe Declan... Nu sunteți făcuți să trăiți la Paris, dar eu sunt făcută să trăiesc la Mulranny...

— Diane... nu pot să-mi permit să cred...

— Și totuși poți. Noi, tu și cu mine, și Declan împreună cu noi, nu mai suntem o iluzie. Nu voi fi niciodată mama fiului tău, voi fi cea care îl susține pe tatăl lui ca să-l crească și care îi va da toată iubirea pe care poate să i-o dea... și voi fi soția ta... Asta poate fi viața noastră, dacă mai vrei...

S-au scurs secunde lungi. Apoi i-am auzit răsuflarea.

— Cum poți să te îndoiești?

O jumătate de oră mai târziu, făceam să sune clopoțelul de la cafenea. Félix trăncănea la bar cu niște clienți. Lumea lui avea să se năruiască. M-am dus lângă el, l-am pupat și mi-am turnat o cafea.

— Trebuie să vorbim, i-am spus fără niciun preambul.

— Dacă n-aș fi gay, aș putea să cred că vrea s-o rupă cu mine...

Toată lumea a izbucnit în râs, mai puțin eu. Nu fusese departe de adevăr.

— Vă lăsăm! au spus clienții, râzând zgomotos.

— Bun, așadar, ce-ai pățit? m-a întrebat când am rămas singuri.

Mi-am înfipt ochii într-ai lui.

— După-amiază vor veni aici doi agenți imobiliari...

— Da, și?

— Vor să evalueze cafeneaua.

A dat din cap, a făcut ochii mari și a bătut cu pumnul în bar.

— Vinzi?

— Da.

— Am să te împiedic! a țipat.

— Cum?

— De ce faci asta?

— Mi-am pierdut familia și n-am putut să fac nimic, mi-a trebuit timp să accept că nici Colin, nici Clara nu vor mai învia. Nu vreau să-mi pierd încă o dată familia. Edward și Declan trăiesc, ei sunt familia mea, mă simt acasă acolo, în Mulranny, cu Jack și cu Judith...

— Și eu? Vocea i s-a stins. Și eu? a repetat. Credeam că eu sunt familia ta!

Am văzut câteva lacrimi curgându-i pe obraji, ale mele îmi șiroiau pe față.

— Ești și vei rămâne familia mea, Félix... Dar îl iubesc pe Edward și nu pot să trăiesc fără el... Vino să locuiești în Irlanda, cu mine!

— Ești proastă sau ce? Crezi că am chef să fac pe codoșul și să mă joc de-a dădaca!

— Nu, bineînțeles că nu, i-am răspuns lăsând capul în jos.

S-a îndepărtat, și-a luat haina, a aprins o țigară înainte să iasă afară. Am mers după el panicată.

— Ce faci, Félix?

— O șterg! Nu vreau să asist la asta... Și-apoi trebuie să-mi găsesc de lucru, am să rămân șomer din cauza ta.

Deschisese deja ușa.

— Nu, Félix, nu-ți vei pierde serviciul. Am cerut ca noul proprietar să te păstreze.

— Mda, ca pe-o mobilă!

A trântit ușa, care a tremurat atât de tare încât am crezut că geamul are să se facă țăndări și a luat-o la fugă pe stradă. Sunetul clopoțelului s-a auzit mult timp. Pentru prima oară, a fost morbid... Violența reacției lui m-a paralizat.

Dar n-am avut timp să mă gândesc mai mult la Félix, la durerea lui și cu atât mai puțin la a mea. Ulii imobiliari s-au înfățișat unul după altul. I-am observat cu răceală cum îmi analizează minuțios cafeneaua, am răspuns la întrebările lor cu indiferență și detașare. De-acum încolo îmi era imposibil să îmi leg emoțiile de cafenea, care în curând nu va mai fi cafeneaua *mea*. Trebuia să mă obișnuiesc cu asta, căci a doua zi aveam să semnez contractul de vânzare. Félix a rămas nevăzut toată ziua. I-am umplut telefonul cu mesaje și SMS-uri, nimic nu a dat rezultate: nici scuzele, nici declarațiile, nici amenințarea cu ruperea legăturilor, nici suspinele. O dată în plus, aveam impresia că deveneam adult, că mă maturizasem. Fiecare decizie presupune pierderi, lăsarea în urmă a unor felii de viață. Pentru nimic în lume nu aș fi vrut să mă lipsesc de prietenia lui Félix; era fratele pe care nu-l avusesem, era complicele meu, confidentul și dublul meu, era salvatorul meu din momentele întunecate... dar îl iubeam pe Edward dincolo de această legătură. În același fel l-aș fi părăsit pe Félix pentru Colin, și în adâncul sufletului său el știa asta. Speram că până la urmă mă va înțelege. Telefonul lui Edward de la ora 22 m-a salvat de la un episod de depresie. Vorbind cu el, m-am strecurat sub plapumă, m-am înfășurat în ea și mi-am imaginat viitoarea noastră viață împreună. În ce-l privește, era mai puțin expansiv decât mine — îl cunoșteam — îl simțeam încă rezervat, având dificultăți în a se lăsa dus de val. Hotărârea mea rămânea abstractă pentru el, la mii de kilometri de Paris. Mi-a explicat că prefera să aștepte înainte să-i vorbească lui Declan despre asta — îl înțelegeam. Și-apoi, eram conștienți că ar putea să treacă timp până să iau un avion cu bilet doar dus, nu și întors.

Când a doua zi spre seară vitrina a fost împodobită cu afișul „de vânzare", am hotărât să-i trimit un element concret. Am ieșit în stradă, m-am oprit pe trotuarul de peste drum, am reperat locul din care trebuie să fi făcut el fotografia pe care o ținea pe perete. Am avut nevoie de câteva secunde pentru ca mâinile să nu-mi mai tremure și respirația să-mi revină la normal. Cum să-mi șterg din memorie: *Oamenii fericiți citesc și beau cafea, de vânzare*. Și ei făceau parte din familia mea și îi lăsam în urmă. Am făcut fotografia cu smartfonul și i-am trimis-o lui Edward, însoțită de câteva cuvinte: „Acum nu este o iluzie, nu mai sunt înăuntru". Mi-a răspuns cu repeziciune: „Cum te simți?" Ce să-i răspund fără să-l îngrijorez? „E în regulă, dar îmi lipsiți". Am primit o fotografie care m-a făcut să zâmbesc: Edward se amuza, îmi trimitea un selfie cu Declan și cu el pe plajă, zâmbitori. Mă grăbeam să traversez strada când l-am văzut pe Félix, încremenit în fața vitrinei și a afișului. M-am dus lângă el și i-am pus o mână pe braț. Tremura.

— Îmi pare rău, i-am spus.

— Ești sigură că merită?

— Da.

— Pe ce te bazezi?

— Pe asta.

I-am întins telefonul cu fotografia lui Declan și Edward, care umplea tot ecranul. I-a fixat cu privirea secunde lungi, continuând să tremure. Apoi a respirat, s-a uitat la mine înainte de a-și îndrepta ochii în depărtare.

— Ar fi trebuit totuși să-i sparg mutra, chiar dacă ajungeam la pușcărie...

Am zâmbit ușor, nu-și pierduse de tot umorul.

— Intrăm?

Nu i-am așteptat răspunsul, l-am tras de braț înăuntru cafenelei. Am umplut câte un pahar. El s-a așezat pe partea clienților.

— Ai să vii să ne vezi?

— Nu știu... lasă-mi timp să mă obișnuiesc...

Când deschideam, câteva zile mai târziu, m-a cuprins emoția văzându-l pe Olivier oprindu-se în fața cafenelei. Nu îl mai văzusem de la despărțirea noastră, care mi se părea deja că fusese cu ani în urmă. Greu de închipuit că la vremea aceea prevăzuserăm să locuim împreună. A împins ușa și am văzut geanta pe care o ducea în mână. A lăsat-o lângă magazie și a venit să se instaleze la bar.

— Vrei să-mi dai rețeta fericirii? Am nevoie de ea.

Două minute mai târziu, îi servisem cafeaua și el a rupt tăcerea.

— Nu ți-a trebuit mult să te hotărăști, a oftat.

— Într-adevăr... Olivier, iartă-mă pentru tot răul pe care ți l-am făcut...

A ridicat mâinile, eu am tăcut.

— Mergeam direct în zid, în fine... mai ales eu.

Și-a golit ceașca dintr-o singură înghițitură și s-a ridicat arătând spre geantă.

— Cred că ți-am adunat toate lucrurile...

— Mulțumesc, am șoptit.

A făcut cei câțiva pași care îl despărțeau de ușă și s-a întors din nou spre mine. M-am ținut tare în spatele tejghelei. A schițat un zâmbet ușor.

— Îmi iau rămas-bun, nu mă voi mai întoarce, am găsit un alt drum ca să evit să mai trec prin fața ta.

— Chiar îmi pare rău.

— Încetează să te tot scuzi. Nu regret că te-am întâlnit, nici ce am trăit împreună. Aș fi preferat un alt final... asta-i viața...

O ultimă privire și a dispărut. Olivier ieșise din viața mea. Îl iubisem cu adevărat? Simțeam afecțiune, tandrețe pentru el, dar iubire... Dacă nu l-aș fi revăzut pe Edward, poate că sentimentele mele pentru el ar fi evoluat. Sau, mai simplu, nu aș fi căutat să discern realitatea de ceea ce simțeam. Nu voi ști niciodată, dar sigur era că amintirile mele legate de el erau vagi de-acum încolo: nu vedeam decât aparițiile lui Edward în viața mea, momentele petrecute cu el și cu familia mea irlandeză. Când mă gândeam la ei, inima îmi bătea mai repede, eram în sfârșit liniștită și pătrunsă de un sentiment de plenitudine.

Cu toate acestea, luna care a urmat a fost epuizantă din punct de vedere nervos. Vizitele se înmulțeau... și toate se soldau cu un eșec. Nicio propunere. Eram disperată și mă îngrijoram când agenții imobiliari se înfuriau din cauza lui Félix; îl considerau responsabil de situație. Într-adevăr, nu se străduia deloc. Mă asigurase totuși că dorea să lucreze la cafenea și după plecarea mea. De câte ori un potențial cumpărător apărea la ușă, devenea insuportabil, abia răspunzând la întrebări sau trimițându-l la plimbare, servind clienții cum se nimerea. Singura dată când a vorbit din inimă, a fost când a pomenit despre aplecarea lui spre petreceri și lenevitul de dimineață. Eram incapabilă să-l pun la locul lui, nu făcusem niciodată pe patroana cu el și îl considerasem întotdeauna asociatul meu. Nu se punea problema să încep în momentul în care îl abandonam; îi făceam destul rău. Ca revanșă, agenții imobiliari mi-au văzut partea urâtă a caracterului când mi-au cerut să-l șterg pe Félix din clauzele contractului de vânzare. Eram încă la mine acasă și aveam de gând să rămân stăpână până la capăt. Nu va exista cafenea fără Félix; era un mijloc de a-mi păstra un picior acolo, de a nu-i întoarce spatele cu totul și, mai presus de orice, voiam să-l salvez pe Félix.

În ziua aceea simțeam că era vizita ultimei șanse. Cu câteva minute înainte, l-am luat pe Félix deoparte.

— Te rog, fii discret... nu mai întârzia inevitabilul...

— Nu sunt decât un ticălos, știu...

M-am ghemuit în brațele lui, el m-a strivit la piept. În sfârșit îl regăseam. Măcar într-o mică măsură. A sunat clopoțelul, Félix a aruncat o privire întunecată și mi-a dat drumul.

— Mă duc să fumez.

A trecut prin fața agentului imobiliar și a clientului îngăimând un vag bună ziua. Încă nu câștigasem! Am afișat cel mai frumos zâmbet comercial și am înaintat înspre musafirii mei. Agentul imobiliar a făcut ochii mari la mine din cauza lui Félix, l-am ignorat și i-am întins mâna bărbatului care aștepta lângă el uitându-se în jur.

— Bună ziua, domnule, încântată să vă primesc în cafeneaua mea.

Avea o mână de fier și mă privea drept în ochi din spatele ochelarilor Clubmaster. Era prea serios, prea impecabil pentru cafenea, cu costumul lui pe măsură și aerul cuviincios și binecrescut.

— Frédéric, încântat. Diane? E bine așa?

— Da...

— Îmi dați voie să mă uit în liniște și vorbim pe urmă?

— Simțiți-vă ca acasă.

— Deocamdată sunt doar un musafir, îmi trebuie autorizația dumneavoastră.

A umblat prin cafenea cam o jumătate de oră, ignorându-l pe agentul imobiliar care se agita pe lângă el. A examinat cu grijă fiecare colț, a răsfoit câteva cărți, a mângâiat lemnul barului, a privit strada din dreptul vitrinei. Era tot acolo când s-a hotărât Félix să intre. Au schimbat o privire și cel mai bun prieten al meu și-a reluat locul la bar. Frédéric s-a dus lângă el și s-a așezat la tejghea.

— Cu dumneavoastră o să lucrez?

— Așa se pare, i-a răspuns cel mai bun prieten al meu. N-am dispoziția necesară ca să răspund la un interogatoriu.

Poftim, o lua de la capăt!

— Am tot ce-mi trebuie, i-a spus Frédéric, fără să renunțe la zâmbet.

Nu a părut șocat de atitudinea lui Félix, s-a ridicat și i-a făcut semn agentului imobiliar să-l urmeze afară. Au vorbit minute lungi pe trotuar.

— N-am putut să mă abțin, Diane...

— Ar fi putut să fie mai rău, ai făcut un mic efort. Ai evitat să-i spui că tragi cocaină pe nas pe tejghea, cum ai făcut cu ultimul.

— Asta am făcut?

Frédéric a deschis ușa și mi s-a adresat.

— Nu așa se face în mod obișnuit, dar aș dori să iau cina cu dumneavoastră ca să vorbim despre cafenea și să obțin informațiile de care am nevoie. Ce ziceți de diseară? Trec să vă iau?

— Păi...

— La ora 20.

I-a aruncat o privire lui Félix și a plecat.

— Cine e tipul ăsta? a bombănit Félix. Irlandezului tău n-o să-i placă, dar absolut deloc, a adăugat izbucnind în râs.

— Nu greșești. Dar asta are meritul să te facă să râzi.

Am evitat discuția furtunoasă cu Edward trimițându-i un simplu SMS: „Iau cina cu un cumpărător, te sun după aceea". Mi-am închis telefonul. La 20 și 1 minut, misteriosul Frédéric a sosit, l-a ignorat cu aroganță pe Félix și m-a luat cu el. Am mers în tăcere și la distanță unul de celălalt până la un restaurant din Marché-Sainte-Catherine, unde rezervase o masă. În pofida atitudinii lui cel puțin ciudate, m-am simțit rapid în largul meu cu el. S-a prezentat pe scurt: era un fost cadru militar, cu frumoase economii la bancă și fără responsabilități familiale. Voia să-și schimbe viața, fără să părăsească Parisul, care era al treilea plămân al său. Apoi a vrut să știe cum luase ființă cafeneaua. Zăgazurile s-au deschis și i-am povestit toată viața mea: Colin și Clara, doliul meu imposibil, exilul în Irlanda, Edward, caracterul lui, iubirea lui, iubirea mea pentru el și, puțin mai târziu, pentru fiul lui, hotărârea mea de a renunța la tot ca s-o iau de la zero alături de ei.

— Și Félix? m-a întrerupt deodată.

M-am lansat într-un alt capitol al vieții mele și atenția i s-a dublat. Am încheiat explicându-i până la ce punct vânzarea cafenelei și plecarea mea îl răneau, fără să-i ascund adevărul.

— Dacă o să cumpărați, începutul riscă să fie dificil cu el, dar vă rog, fiți răbdător, este minunat, face parte din cafenea, este sufletul ei mai mult decât mine.

— Diane, sunteți femeia vieții lui, mi-a spus el privindu-mă drept în ochi.

— Oh, opriți-vă, vă înșelați, Félix e gay.

— Știu... dar tocmai de aceea, repet, sunteți femeia vieții lui și vă pierde. V-a avut pe dumneavoastră și pe mama lui. Știu cum este. Mi-a zâmbit din colțul buzelor ca să confirme ceea ce înțelesesem. Întotdeauna sfârșiți prin a-l lăsa pe homo din viața voastră pentru omul vieții voastre. Și nu ești pregătit pentru asta. A ridicat mâna ca să ceară nota, a plătit-o fără ca eu să reușesc să leg două vorbe. Vă însoțesc, mi-a propus. Am dat din cap și am pornit spre cafenea. Vă promit să mă ocup de el, mi-a spus, rupând tăcerea. Își va reveni și se va reîntoarce spre dumneavoastră, într-o zi...

— Așteptați, Frédéric! Ce încercați să îmi spuneți de fapt?

— Vă cumpăr Oamenii fericiți și am de gând să fiu și eu fericit... cu Félix.

— Un minut! Cumpărați cafeneaua?

— Dacă vă spun! Peste puțin timp, îi veți regăsi pe Edward al dumneavoastră și pe fiul lui.

— Dar Félix? Ce aveți de gând să-i faceți?

— Curte...

Am făcut ochii cât farfuriile.

— Nu mă îndoiesc de capacitatea dumneavoastră de seducție. Dar Félix nici măcar nu concepe existența monogamiei.

— Asta o să vedem... După privirea lui, am înțeles că va reuși. Pun la punct totul cu agenția, trec mâine să vă văd. Să aveți o noapte bună, Diane. Salutări amicale lui Edward.

Am început să urc scara imobilului dar m-am oprit și m-am ciupit de braț. Durerea m-a asigurat de realitatea acestei seri. Când am ajuns la mine, m-am lungit direct pe pat, cu telefonul în mână. Edward a lătrat imediat ce a răspuns:

— Îți interzic să-mi faci din nou o asemenea figură! Cine-i tipul cu care ți-ai petrecut seara?

— Curtezanul lui Félix și noul proprietar al cafenelei.

— Ce?

— Ai auzit bine... Sosesc curând, foarte curând... Și nu mai am de ce să-mi fac griji pentru Félix...

Începând de atunci, totul s-a desfășurat foarte repede. Félix avea procură pentru cafenea, nu era nevoie să rămân până la vânzarea definitivă și nici nu mai țineam să fac asta. Frédéric a propus să îmi ia locul ca să se acomodeze cu cafeneaua și cu munca, sperând, de asemenea, să-l îmblânzească pe Félix. Acesta a bombănit la început, după aceea a acceptat, blazat. Deocamdată nu vedea nimic din mica manevră a viitorului său patron. În ziua când o să-i explodeze în față, o să i se pară foarte ciudat! Frédéric era pe punctul să devină indispensabil. În ce mă privește, îi lăsam să se cântărească unul pe celălalt, pregătindu-mi marea plecare, cea adevărată, ultima. Mi-am împachetat toate lucrurile, pe care un transportator le va duce la Mulranny peste mai multe săptămâni, mi-am închis conturile bancare și am completat tone și tone de acte. În fiecare zi, vorbeam la telefon cu Edward și cu Declan. Sau mai degrabă ar trebui să spun cu Declan! Pentru Edward, și-așa nu prea vorbăreț nici față-n față, telefonul era un supliciu...

Ultima zi la Paris. Zborul meu era a doua zi. Îmi voi petrece ultima după-amiază la cafenea. În așteptare, am refăcut drumul pe care îl parcurgeam în fiecare luni de mai bine de un an. Am ieșit de la metrou cu picioarele tremurându-mi. Am intat la florăreasa cea mai apropiată, care mă cunoștea din ziua în care fugisem de la ea. Am cumpărat pentru ultima oară cu mâinile mele un buchet de trandafiri albi și am făcut o înțelegere: în fiecare săptămână ea trebuia să le ducă un buchet. Am îmbrățișat-o cu prietenie și m-am îndreptat către cimitir. Am străbătut încet aleea centrală. Ajunsă în fața lor, m-am așezat în genunchi, am schimbat florile și am pus trandafirii ofiliți la spatele meu. Apoi am mângâiat marmura.

— Hei... dragii mei... veți rămâne întotdeauna dragii mei. Plec mâine, asta e... Colin, am vorbit deja despre asta... Știi că n-am să te uit niciodată. Nu te-am înlocuit cu Edward... Îl iubesc, asta-i tot... Și tu, Clara mea... ai fi putut să ai un frate ca Declan... Nu sunt mama lui, rămân mama ta. Noua mea viață începe mâine într-un loc pe care voi nu-l cunoașteți, dar care este astăzi acasă pentru mine. Nu știu când am să mai vin să vă văd... dar veți fi mereu cu mine... Dacă nu găsiți drumul, întrebați-o pe Abby, ea vă va călăuzi către plajă... Vă iubesc... Vă voi iubi mereu...

Am pus o ultimă oară buzele pe mormântul lor apăsându-le puternic, după aceea am plecat fără să întorc privirea.

După-amiaza a trecut în viteză — un client intra, altul ieșea. Abia am avut timp să-mi dau seama că ora 19 nu era departe; ultima mea zi ca patroană a cafenelei se apropia de sfârșit. Asta mă scutise de gânduri.

— Fir-ar al dracului! Următorului care intră, îi trântesc ușa-n nas! a răcnit Félix. În clipa aceea a intrat Frédéric. Sau poate că nu, de fapt, s-a răzgândit.

Frédéric a venit la mine și m-a sărutat pe obraz. I-a strâns mâna lui Félix peste tejghea.

— Am trecut să-ți urez drum bun.

— Mulțumesc, ești drăguț.

Trecuserăm repede peste adresarea cu dumneavoastră. Din fericire, căci bănuiam că, foarte curând, va intra în rândurile ciudatei mele familii... În orice caz, așa speram.

— Hai să bem ceva! a propus Félix. A scos șampanie din frigider, a făcut dopul să pocnească și mi-a dat sticla privindu-mă drept în ochi. Asta îți amintește de ceva?

— Nu voi uita niciodată seara aceea! i-am răspuns cu ochii plini de lacrimi.

— Nu-ți face griji, în seara asta o luăm mai ușor... M-am gândit că Edward nu ar aprecia să te vadă debarcând îmbibată de alcool.

Am băut o înghițitură zdravănă direct din sticlă, după care i-am dat-o și lui. Cu un semn al capului, mi l-a arătat pe Frédéric, care a refuzat. Félix s-a apropiat de el.

— Vrei să faci parte din familie? Atunci bea și taci!

S-au sfidat din priviri; preț de câteva secunde, am avut sentimentul că sunt în plus. O să sară scântei între ei...

Frédéric a băut și i-a dat sticla lui Félix, care s-a întors în spatele barului. Sticla a fost golită în doi timpi și trei mișcări.

— Vă las singuri. Pe mâine, i-a spus Frédéric lui Félix.

L-am însoțit până afară.

— Ți-i încredințez, m-am mulțumit să-i spun.

— Vor fi toți pe mâini bune.

— Am încredere în tine.

— Pe curând, Diane...

Félix mă aștepta, așezat pe bar, cu altă sticlă în mână. M-am cățărat lângă el și mi-am pus capul pe umărul lui.

— Nu pot să-ți vorbesc, Diane. E prea dur...

— Nu-i grav.

— Dar am să-ți fac cinste pe socoteala noului meu patron.

Ne-am petrecut seara stând unul lângă celălalt, golind sticlele, ținându-ne de mână câteodată, transformând cafeneaua într-un acvariu uriaș cu țigările pe care le înșiram unele după altele. Félix mă strivea când și când la pieptul lui. Și apoi a sfârșit prin a deschide gura pentru o cerere care m-a bulversat:

— Să nu iei panoul fotografic, lasă-mi-l mie.

— A fost întotdeauna al tău. Ai să-l pui în apartament la tine?

— Nu, rămâne aici. Am negociat cu patronul: i-am explicat că fără Colin, fără Clara și fără tine nu ar exista oameni fericiți...

O oră și o sticlă mai târziu, am arătat primele semne de oboseală.

— Du-te la culcare, mi-a spus. Mâine te așteaptă o zi mare, te reîntâlnești cu bărbații tăi. Înainte, mai am un ultim lucru de făcut.

A luat un scaun și l-a așezat lângă ușă. S-a suit pe el și a dat jos clopoțelul.

— Nu poți să pleci fără o amintire...

Am cedat și m-am aruncat în brațele lui lăsând să curgă toate lacrimile reținute în acele ultime zile. Félix m-a strâns tare în brațe.

— N-am curaj să vin cu tine mâine la aeroport.

— Oricum, nu vreau să vii.

Vorbeam în șoaptă.

— La ce oră vine taxiul?

— La 7.

— Lasă cheile în studio. Închide pentru ultima dată. S-a ridicat, m-a prins de umeri, și-a înfipt ochii într-ai mei.

— Salutare, Diane!

— Félix...

Mi-a dat drumul și a ieșit în noapte. O ultimă privire prin vitrină, apoi a dispărut... Cu dosul mâinii mi-am șters obrajii înainte să bag cheile în buzunar. Prima etapă: să încui. A doua: să întorc plăcuța. A treia: să pun în vitrină anunțul „schimbare de proprietar". A patra și ultima: să sting luminile. Lumina lampadarelor îmi permitea să văd ca în plină zi în cafenea. Aici, alesesem totul împreună cu Colin, era o parte din mine însămi; chiar dacă îl denigrasem un timp — prea îndelungat — crescusem în acest loc. Când mă voi întoarce — dacă mă voi întoarce într-o zi — nu voi mai recunoaște locurile: va exista cu siguranță o schimbare, noul patron avea o fire foarte energică, va vrea să-și pună amprenta... normal, nu aveam nimic de zis. Am mers de-a lungul rafturilor, încărcate cu cărți: bine aranjate, gata să fie citite. După aceea m-am dus în spatele barului, am mângâiat lemnul: curat, strălucitor. Am aranjat câteva pahare care nu erau la locul lor. Am refăcut teancul de registre de calcul și de comenzi și am repoziționat panoul fotografic. În sfârșit, m-am oprit în fața dozatorului, am zâmbit amintindu-mi de ziua în care îi făcusem scandal lui Félix că nu era în stare să-l curețe cum trebuie. Am vrut să-mi pun o cafea, am renunțat; știam că nu mi-ar fi plăcut, ar fi părut reîncălzită. Preferam să nu-mi amintesc de ultima, acesta va rămâne un moment vag, suspendat în timp, având ca zgomot de fond clienții, râsul lui Félix, strada.

Era timpul; am trecut prin spate ca să ajung la scara imobilului. În pragul încăperii, am închis ochii respirând adânc mirosul de cărți, de cafea și de lemn. Fulgerări, frânturi de amintiri mi-au traversat gândul, am închis ușa fără să mai deschid ochii, concentrându-mă pe scârțâitul balamalelor. În pofida tuturor eforturilor mele, nu încetaseră niciodată să scârțâie. Zgomotul încuietorii m-a făcut să sughiț: se sfârșise. Oamenii fericiți care citesc și beau cafea aveau să trăiască fără mine...

Epilog

De mai bine de trei luni locuiam în Mulranny. Cu fiecare zi, mă simțeam și mai mult acasă la mine. Viața mea mi se părea de acum simplă, naturală, nu-mi mai puneam întrebări, îmi făceam timp să trăiesc, fără regrete. Mă gândeam regulat la cafenea, ar fi o minciună să spun că nu aveam niciodată strângeri de inimă, dar treceau repede; ideea de a deschide o mică librărie își făcea loc în mintea mea... Dar nimic nu mă presa.

Discutam la telefon cu Félix. Imposibil să spun ceva! Vorbea întruna, analiza reacțiile, faptele și gesturile lui Frédéric, care îl făcea să fiarbă în suc propriu de zile și zile. Cel mai bun prieten al meu era îndrăgostit și era pentru prima oară când i se întâmpla asta; părea un adolescent care-și trăiește prima dragoste.

— Nu mai pot, îți jur... aseară eram convins că în sfârșit o să treacă la acțiune... și nimic, m-a lăsat baltă în fața ușii casei mele!

— Și de ce nu faci tu primul pas?

— Hm, nu îndrăznesc...

Am ridicat ochii spre cer înăbușindu-mi un râs nebunesc.

— Nu-ți bate joc de mine!

— Este ceva mai puternic decât mine, îmi pare rău...

Ușa de la intrare s-a auzit în spatele meu, m-am uitat peste umăr; Edward se întorcea de la reportajul său, ud din cap până-n picioare. A lăsat să cadă geanta cu materiale, și-a aruncat geaca mormăind. După aceea m-a observat și a venit spre mine, cu chipul încă sever. Când a ajuns în fața canapelei, s-a aplecat și m-a sărutat pe tâmplă oftând. Mi-a șoptit la ureche „Félix?", am dat din cap. A schițat un zâmbet în colțul buzelor. Hei! Diane, te-am pierdut sau ce? a strigat Félix în telefon.

— Scuză-mă, tocmai s-a întors Edward...

— O.K, am înțeles... Te sun din nou mâine.

Mi-a închis în nas și eu am lăsat telefonul să cadă lângă mine. Edward tot nu se mișcase, cu mâinile de fiecare parte a corpului meu, sprijinite de spătarul canapelei.

— Până la urmă chiar am să cred că îi este frică de mine... Întrerupe discuțiile voastre imediat ce află că sunt aici.

— Nu... Vrea să ne lase în pace... Și-apoi, vorbesc cu el aproape în fiecare zi la telefon, așa că...

Edward m-a făcut să tac cu un sărut.

— Bună, mi-a spus îndepărtându-și buzele de ale mele.

— Nu te-am auzit plecând azi-dimineață... Cum ți-a fost ziua?

— Perfectă, timpul era potrivit pentru ce voiam să fac.

— De aceea ești prost dispus?

— Mai mult decât de obicei?

— Nu, i-am răspuns râzând.

M-a mai sărutat o dată înainte să se ridice. M-am ridicat și eu. El și-a pus un pulover uscat înainte să-și toarne o cafea.

— În cinci minute plec după Declan, i-am spus.

— Vrei să mă duc eu?

— Nu, trebuie să trec pe la Jack după aceea și am niște cumpărături de făcut.

S-a apropiat de mine, m-a mângâiat pe obraz și a încruntat din sprâncene.

— Ești obosită?

— Nu... cum aș putea să fiu?

— Dacă spui tu, mi-a răspuns deloc convins.

Și-a scos din buzunar pachetul de țigări — ud — și s-a dus pe terasă. Mi-am pus paltonul ca să mă duc și eu lângă el. M-am ghemuit în el. Edward avea regulat momente de angoasă când se temea că îmi regret alegerea.

— Nu-ți face griji... mi-e bine, nu m-am simțit niciodată atât de bine. Am ridicat ochii spre el, mă privea cu chipul dur, după obiceiul lui. I-am mângâiat barba, i-am atins ușor maxilarul cu degetele, el m-a luat de mijloc, m-a lipit de el și m-a sărutat cu furie. Era felul său de a-mi spune că se teme să nu mă piardă. Nu reușeam să înțeleg cum putea să se mai teamă de asta... Am răspuns la sărutul lui cu toată intensitatea iubirii mele. Când m-am desprins de el, i-am zâmbit, i-am luat țigara dintre degete și am tras mai multe fumuri înainte să i-o pun la loc între buze.

— Pe curând! am spus și am plecat.

El a bombănit. Am trecut prin bucătărie, am luat un pachet din frigider și cheile mașinii.

Câteva minute mai târziu parcam aiurea în fața școlii, chiar la timp: copiii ieșeau din clase. Am zărit părul rebel al lui Declan în mijlocul celorlalți. Și-a împins colegii și s-a năpustit spre mine. Avea aceeași teamă ca și tatăl lui: să nu dispar pe neașteptate.

— Toate bune, campionule?
— Da!
— Hai, urcarea în mașină!

Când am ajuns la Jack, l-am găsit stând în scaunul–balansoar al lui Abby, cu ziarul pe genunchi, fixând cu privirea focul din șemineu. Îmbătrânea pe zi ce trece, lipsa izvorului său de energie se făcea tot mai puternic simțită. Iarna și sărbătoarea Crăciunului îl făcuseră să îmbătrânească cu zece ani. Eram singura căreia îi vorbea despre durerea lui; știa că îl înțelegeam. Iubeam acele întâlniri între patru ochi, pe care le împărțeam în mod regulat. Veneam la el de mai multe ori pe săptămână. Bombănind, mă lăsa să fac ordine prin casă, să-i pregătesc câte ceva de mâncare. Voiam să-l oblig să lupte. Demersul meu era egoist, știam, dar voiam să-i menajez pe Declan, pe Edward și pe Judith pentru un timp. Toți aveam nevoie de el. Cel mai mare aliat al meu era acest băiețel care țopăia de colo-colo prin living, întrebându-l când vor putea să se ducă din nou la pescuit împreună.
— Duminică, dacă vrei, i-a răspuns.
— Serios?
— Da! Tatăl tău și Diane au treabă, i-a spus făcându-mi cu ochiul.

L-am sărutat pe barba albă și m-am dus în bucătărie să aranjez mâncărurile făcute chiar în dimineața aceea.
— Ai nevoie de ceva? l-am întrebat când m-am întors lângă el. Mergem la cumpărături. Și trebuie să trec pe la farmacie, așa că spune-mi.
— Nu, am tot ce-mi trebuie. Dar să nu întârziați, e vreme urâtă în seara asta.

— Ai dreptate! Declan, ești gata? Să mergem.

A doua zi de dimineață, clipeam din ochi simțind un sărut pe buze. Edward era aplecat asupra mea, zâmbea studiindu-mi chipul, cu mâinile plimbându-i-se pe trupul meu.

— Ce vrei să faci weekendul ăsta? m-a întrebat cu vocea lui răgușită somnoroasă.

— Să dorm...

— Rămâi în pat, eu mă scol.

— Nu...

M-am agățat de el, l-am silit să se lungească la loc și l-am strivit de trupul meu, frecându-mi nasul de pielea lui. Nu a încercat să lupte împotriva mea, m-a strâns la piept, eu am oftat ușurată. Am început să împrăștii sărutări pe pielea lui și să mă cațăr tot mai mult pe el, mâinile lui apăsau tot mai tare pe corpul meu... Și apoi am auzit pașii lui Declan pe culoar și tropăitul câinelui.

— Plec, tu stai liniștită, a bombănit Edward. Am să aranjez cu Jack ca Declan să doarmă la el diseară.

— Bună idee...

S-a dat jos din pat, și-a pus blugii aruncați pe jos și a ieșit pe culoar având grijă ca niciun intrus să nu intre în camera noastră. M-am cuibărit pe locul lui și am mai moțăit o oră.

Când m-am hotărât să mă scol, am făcut o oprire mai lungă decât de obicei în baie. Înainte să ies, m-am privit în oglindă, reținându-mi râsul, lacrimile din ochi. Am coborât la parter, tremurând ușor. Declan era trântit pe jos și se juca cu circuitul de mașini. Când m-a văzut, s-a ridicat în picioare și a sărit pe mine. L-am îmbrățișat cu drag, ca în fiecare dimineață.

— Diane, dorm la Jack diseară!

Edward nu pierduse timpul.

— Te bucuri?

— Da!

S-a întors la joacă fără să se mai sinchisească de mine. Mi-am pus o ceașcă de cafea la barul din bucătărie și am îmbrățișat încăperea cu privirea. Declan se juca, relaxat, senin, ca un băiețel de vârsta lui; Postman Pat sforăia cu picioarele în sus în fața șemineului aprins și prin ușa cu geam îl vedeam pe Edward pe terasă, cu privirea întoarsă spre mare, cu țigara între buze, gânditor, liniștit. Inima mi s-a umplut de fericire, mă întorceam de departe, toți ne întorceam de departe. Reușiserăm să alcătuim o familie fericită din oameni frânți, distruși și ne mergea bine... Cu cafeaua în mână, m-am dus lângă cel pentru care îmi bătea inima și cu care împărțeam de acum totul și încă mai mult. Privirile ni s-au întâlnit, i-am adresat un zâmbet misterios.

— E în regulă? m-a întrebat.

— Da, foarte bine chiar...

Ca în fiecare dimineață, mi-a aruncat pachetul lui de țigări. M-am uitat la el secunde lungi. Apoi l-am deschis, am respirat mirosul de tutun închizând ochii, înainte să i-l dau înapoi.

— Ești bolnavă?

— Absolut deloc...

— Nu ai poftă de o țigară?

— Ba da, mor de poftă.

— Ce-i cu tine?

Fără să încetez să zâmbesc, am făcut cei doi pași care mă despărțeau de el și m-am ghemuit în brațele lui.

— Trebuie să mă las de fumat, Edward...

Mulțumiri

Roxanei și lui Florian, care mi-au deschis calea spre această continuare, mi-ați zgândărit dorința de a o scrie...

Estellei, editoarea mea; sfaturile tale, ascultarea ta, felul discret și elegant de a-ți strecura remarcile vor rămâne gravate în scrisul meu.

Lui Guillaume... pe lângă tot restul care nu-și are locul aici... a trebuit să-mi accepți întâlnirea cu Irlanda, te-ai sacrificat să suferi de frig și să bei bere Guiness și whisky! Pot să îți spun aici, chiar dacă de acum o las pe Diane să-și trăiască viața fără mine, că ne vom întoarce acolo...

Vouă, cititoarelor și cititorilor, sunt îmbogățită și onorată de cuvintele voastre, de încurajările voastre, de zâmbetele voastre...

Frumoasei Hortense, pentru că ne-a lăsat cheile și ne-a permis acea magnifică ședință foto. Imaginea Dianei va fi fost captată în locul care mi-a inspirat Oamenii...

Dianei, o mână de femeie ieșită din mintea mea acum mai bine de patru ani... m-ai împins să scriu și mi-ai oferit posibilitatea să fiu autoare... Vei avea întotdeauna un loc aparte...

La prețul de vânzare al cărții
se adaugă 2%, reprezentând
contravaloarea timbrului literar.

Tiparul executat la:

EuroBusiness Tipar

office@tipografiaeurobusiness.ro
www.tipografiaeurobusiness.ro